KB074992

오
늘
부
터

쓰
시
조

오늘부터 쓰시조

김남규

우리가 오해하는 시조의 모든 것

헤겔의휴일

책머리에

—

　2002년이었습니다. 중간고사 대체로 학교에서 주최하는 월드컵 기념 시조백일장에 나가게 되었습니다. '3.4.3.4/ 3.4.3.4/ 3.5.4.3'만 알게 된 채로 백일장에 나갔습니다. 술 먹기 바쁜 대학교 신입생이었으니까요. 운 좋게 차상에 입상하였습니다. 상금 20만 원을 받았습니다. 술값으로 요긴하게 썼습니다. 국문과에 입학했으니, 시는 문학의 기본이 아닌가 하는 생각에 학과 내 시 창작 동아리 '활비비'에 들어갔던 저는, 그때 막 국문과에 부임하신 이지엽 선생님을 만나게 되었습니다. 배달음식을 시켜 먹으면서 선생님과 합평회를 함께 했습니다. 〈헤겔의휴일〉 편집주간님을 그때 만났죠. 그리고 군에 입대했습니다. 얼마 후 선생님께서 고요아침에서 발간한 시조집 여러 권을 자대로 보내주셨습니다. 그 시집들이 제 인생을 송두리째 바꿔놓을 줄은 당연히, 꿈에도 몰랐죠.

　강원도 고성 전방 GOP에서 군 복무했던 저는 바다와 풀숲을 바라보며 멍 때릴 시간이 많았으니, 그때 시도 많이 썼고 시조집도 몇 번이나 새로 읽었습니다. 군에 있으면 대부분의 남자는 시인이 되니까요. 전역하자마자 저는 이지엽 선생님의 배려로 재학 중에 고요아침 출판사에서 일하게 되었고, 선생님의 권유로 시조를 쓰게 되었습니다. 4학년으로 접어드는 1월, 또 운 좋게 신춘문예에 당선하게 되었습니다. 이쯤 되면 시조가 나를 선택해준 것은 아닌가 하는 생각이 듭니다.

　이왕 이렇게 된 김에 문학을 더 공부해보자는 생각으로 대학원에 입학했습니다. 제 지도교수님이셨던 최동호 선생님께서는 연구자 이전에 시인이 될 것을 강조하셨습니다. 시를 제대로 읽으려면 시를 쓸 줄 알아야 한다고 하셨습니다. 선생님께서 주관하시는 시 합평회에 오래 나갔습니다. 몇 년간 매주 화요일은 '시의 날'이었죠. 그리고 대학원 수업과 여러 선후배 덕분에 진짜 공부를 하게 되었습니다. 출판사 일을 병행했지만, 정말 행복하게 공부했습니다. 제 인생에서 가장 멋진 순간을 꼽으라면, 이때가 아닐까 합니다.

현재 저는 고요아침에서 책을 만들고 논문과 시조를 쓰며 대학교 강의를 하고 있습니다. 할 일이 많은 저는 밤을 매우 길게 쓰고 있습니다. 어떤 선생님께서 제게 말씀하셨습니다. 지금이 전성기라고, 지금이 가장 행복한 때라고. 네, 맞습니다. 저는 그 어느 때보다 벅찬 나날을 보내고 있습니다. 실망할 일도 많고 스트레스받을 일도 많지만, 모든 것을 기쁨으로 받아들이려 합니다. 만 가지 부족한 저를 예뻐해 주시고 응원해 주시는 선생님들 덕분에 여기까지 왔으니까요. 특히, 함께 시조를 쓰고 있는 선생님들께서 저를 장가보내주셨고 대학원 졸업도 시켜주셨고 아들도 낳게 해주셨습니다. 제가 사람 구실을 할 수 있도록 해주신 선생님들과 시조가 아니었다면, 저는 과연 어떤 사람이 되었을까요.

시조에 대해 궁금한 게 참 많아졌습니다. 그래서 이 책을 쓰게 되었습니다. 좋은 사람들과 함께, 오래, 시조를 쓰고 싶어요. 시조에 대한 기존의 선입견부터 과감하게 진입했습니다. 이제, 함께 싸울 일만 남았습니다. 오늘부터 '쓸' 시조가 바로 여기에 있으니까요.

선생님들과 시조에 보답하기 위해, 저는 지금 열심히 일하고 공부하고 강의하며 살고 있습니다. 앞으로도 그럴 것입니다.

2021년 겨울
새로운 시작을 앞두고
김남규

차례
–

"시조는 3장 6구 45자 외형률이지"

1

우리가 오해하는 시조의 모든 것

1.

우
리
가
오
해
하
는 │ 시
조
의

모
든

것

바로 직진하겠습니다. 2008년 신춘문예 시조로 등단하여 10여 년 동안 시조를 써오고, '정형률'에 관한 연구로 문학박사 학위를 받은 제가 반드시 해야 할 (밀린) 숙제가 하나 있습니다. 그것은 바로 시조에 대한 기존의 편견과 고정관념을 무참히 깨뜨리는 것입니다. 그래서 시조 쓰는 시인들에게 시조의 리듬과 존재론을 되묻게 하는 것. 그리고 시조 쓰기에 이제 막 재미를 붙이신 분들에게 조금이나마 도움이 되는 것. 더 나아가 시조에 아예 관심도 없는 일반인들에게 시조를 제대로 소개하는 것!

'당신들이 쓰고 있는 시조는 과연 현대시조가 맞습니까?' 하고 파문을 던지면서 동시에, '우와, 시조란 이런 것이구나! 엄청나네!'

하고 감탄을 자아내게 하는 것. 이 책의 궁극적인 목표가 바로 이 두 가지입니다. 이 두 가지는 이 책의 목표이기도 하지만, 제 삶의 목표이기도 합니다.

자, 그럼 '우리가 오해하는 시조의 모든 것'을 하나씩 보여 드리면서, 하나씩 깨뜨려 보겠습니다. 당신이 이 책의 마지막 장까지 읽고 책을 덮었을 때, 이제 시조는 기존에 당신이 알고 있었던 시조가 아닌, 최첨단 하이브리드의 새로운 시조가 될 것입니다.

고시조는 노래, 현대시조는 글

가장 먼저, '일반인'이 잘 모르며, 또 굳이 알 필요 없는 고시조와 현대시조를 아주 빠르고 간단하게 구분해드리겠습니다! 우리가 예전에 교과서에서 배운 정몽주&이방원의 시조는 당연히 '고시조(古時調)'입니다. 그러나 현재 시조시인들이 쓰고 있는 시조는 '현대시조(Modern Sijo)'입니다. 어떻게 구분하냐고요?

학계와 문단에서는 1906년 7월 21일 '사동우대구여사(寺洞寓大丘女史)'라는 필명으로 대한매일신보에 발표한 「혈죽가」를 현대시조의 효시로 보고 있습니다. 이때를 기점으로 '현대'라는 말을 시조에 붙일 수 있게 되었습니다. 물론, 이는 학계에서 사후적으로 기념할 기점을 잡은 것에 지나지 않습니다. 「혈죽가」 발표 전에 최남선이 시조를 썼다는 기록도 있고(원고는 아직 발견되지 않았음), 우리가 알지 못하는 매체에 시조가 발표되었을 수도 있으니까요.

협실의 소슨 대는 츙졍공 혈죽이라
우로를 불식하고 방중의 풀은 뜻은
지금의 위국충심을 진각세계

츙졍공 구든 절개 피을 매자 대가 도여
누샹의 홀노 소사 만민을 경동키는
인생이 비여 잡쵸키로 독야쳥쳥

츙졍공 고든 절개 포은 선성 우희로다
석교에 소슨 대도 선쥭이라 유젼커든
허물며 방중에 난 대야 일너 무삼
　　　　— 사동우대구여사, 「혈죽가(血竹歌)」(《대한매일신보》, 1906. 7. 21.)

　을사늑약이 체결된 후 황실의 외척이었던 민영환(閔泳煥)이
1905년 자결하고, 그곳에 녹죽(綠竹)이 자생했다는 신문 기사가 나
가면서 소위 '혈죽 모티프' 시가가 유행처럼 창작되었습니다. 각 신
문사의 필진들은 당시에 유행했던 개화기시조나 개화기가사 형식
으로 다양한 '혈죽가류' 작품을 소개하고 발표하면서 대중의 각성
을 유도했습니다.

　그러나 1910년 이후 시조와 가사에 대한 관심이 급격하게 줄
게 됩니다. 언론매체에서는 한시 열풍이 불었고, 최초의 근대시라
할 수 있는 최남선의 「해에게서 소년에게」(1908)가 발표된 이후 김

억의 〈태서문예신보〉 등을 통해 서구의 낭만주의와 자유시가 유입되어 '신시(新詩)'가 등장하면서 시조와 가사는 역사 속에 사라질 위기에 처했습니다.

하지만, 1920년대에 들어 서구에서 수입된 신시와 계급문학파(KAPF)와 대립하던 보다 보수적인 문필가 집단이 있었으니, 바로 '국민문학파'. 이들은 조선인의 언어와 성정에 알맞은 민족문학 형식을 찾다가 '민요'와 '시조'를 눈여겨보게 되었습니다. 이른바, '민요시운동'과 '시조부흥운동'이 시작되었습니다!

1927년 3월, 잡지 〈신민(新民)〉에 설문 좌담이 특별 기획되었습니다. 당대의 문필가 12명이 장르 구분 없이 설문에 자유롭게 참여하였는데, 이들에게 주어진 설문의 제목이 바로 '시조는 부흥할 것이냐'였습니다. 염상섭, 정지용, 이병기, 양주동 등 다양한 장르의 문필가들에게 과연 시조가 부흥할 수 있는지, 또는 부흥해야 한다면 왜 부흥해야 하는지를 질문하였는데, 이들의 견해는 제각각이었습니다.

이 가운데 최남선은 '부흥 당연, 당연 부흥'의 제목을 단 글에서, 그는 시조가 우리 민족 유일의 것이자, 시조 부흥의 사명을 '반드시' 이뤄야 함을 피력합니다. 드디어 '시조부흥운동'이 촉발되었습니다! 이병기, 이은상을 비롯한 여러 시조부흥론자들이 등장하였고, 특히 이병기는 시조라는 명칭과 관련하여 시조가 '시절가조(時節歌調)', 즉 당대에 유행하는 노래를 지칭하는 말이라는 것을 발견하여, 시조가 조선 후기에 발생한 곡조의 이름이었음을 밝힙니다.

여기서 고시조와 다른 현대시조가 발명됩니다! 고시조는 노래, 즉 '음악 장르'였으니, 새로운 근대 조선의 민족 시형을 찾는 이들에게 고시조의 전통을 그대로 받되, 보다 현대적인 '문학 장르'로서의 시조가 필요했습니다. 따라서 이들은 시조창이었던 고시조를 '부르는 시조(唱)'에 한정시키고, 현대시조를 '짓는 시조(作)', '읽는 시조'로 격상시킵니다.

그러므로 문학 장르로서의 현대시조는 1920년대 후반에 발명되고 발견된 새로운 장르입니다. 이제부터 우리는 '음악-고시조'에 결별을 선언하고 새롭게 태어난 '문학-현대시조'를 구분할 수 있습니다!

이놈의 3장 6구 45자

시조부흥론자들은 가창과 낭독의 차이를 생성하면서, 음악성을 제거한 고시조가 현대시조의 형식을 제시해줄 것으로 생각했습니다. 그러나 고시조(시조창)에서 악곡을 제외했을 때 남은 것이라고는 '음수율'뿐이었는데, 이를 근대적 또는 과학적으로 제시해야 하는 문제에 직면했죠. 이에 따라 이들은 '서둘러' 시조의 리듬(율)을 나름대로 분석하여 이론을 제시하기 시작합니다. 그 유명한 '3장 6구 45자'라는 규칙이 바로 이때 만들어졌습니다!

가장 먼저 이광수는 1928년에 시조 형식의 기본을 12구(句)

로 보면서 기본형을 초장 3/4/4/4 15음, 중장 3/4/4/4 15음, 종장 3/5/4/3 15음 전체 45음으로 규정하되, 음수에만 집착하지 않고 다양한 변칙과 여러 방식의 시조 리듬이 발생 가능하다는 것을 주장합니다. 그런데, 여기서 이광수의 기본형을 그대로 '복-붙'한 자가 있었으니, 바로 조윤제!

1931년 조윤제는 최남선이 소장하고 있었던 시조가집 『가곡원류』(1876)를 가지고 고시조 중 단시조 2,759수를 3장 12구로 나누는 전제하에 각 구의 음절수를 통계적으로 분석하였습니다. 마침내 그는 초중장을 3/4/4(3)/4, 종장을 3/5/4/3으로 보고, 초중장 제4구와 종장 제3구를 4음으로, 종장 첫 구를 3음으로 고정시켰습니다. 이는 이광수가 제시한 기본형과 다를 바 없는데, 단지 시조 노래집 『가곡원류』라는 텍스트를 대상으로 통계 냈다는 것에 보다 신뢰성을 획득했을 뿐이죠.

그러나 후대에 이르러 실제 고시조를 분석했을 때, 초장이 조윤제의 기본형에 일치하는 작품은 47%(1,298수), 중장은 40.6%(1,121수), 종장은 21.1%(789수)에 불과했습니다. 더욱이 작품 전체가 기본형 기준에 일치하는 경우는 4%에 불과[1] 해, 결과적으로 조윤제는 고시조의 신축적인 형식을 축소하고 제약한 기본형을 제시하고 말았습니다.

하지만 조윤제는 식민지 시대 조선어문학을 전공한 유일무이한 경성제국대학 문학 전공자였습니다! 당연히 그의 영향력은 엄

---

1 서원섭, 「평시조의 형식 연구」, 『어문학』 36, 한국어문학회, 1977, 44~46쪽.

청났을 터. 자연스럽게 이광수의 기본형을 가져와 자신의 이론으로 삼았고, 그것은 고스란히 초창기 국어 교과서에 수록되어 현재까지 이어졌습니다. 그래서 우리는 시조의 형식을 조윤제가 제시한 '3장 6구 45자'로 배웠던 것입니다.

그리고 여기에 하나 더. 내재율과 외형률(외재율)이라는 교과서적 용어도 문제입니다.

내재율, 외형률이라는 수상한 말

시조부흥론자들이 고시조(시조창)에서 시조의 기본형을 도출하고 한국시 리듬론의 기원이라 할 수 있는 음수율을 전개했듯이, 새로운 리듬론이 자유시 쪽에도 요구되었습니다. 프랑스 상징주의 시와 시론이 조선에 본격적으로 소개되면서 자유시 담론을 주도했던 이들은 먼저, 자유시의 '시적 리듬'이 무엇인지부터 정의해야 했고, 이에 따라 만들어진 것이 바로 '내재율'입니다!

근대 초기 자유시의 리듬은 '내재율(內在律)', '내용률(內容律)', '내심률(內心律)', '내율(內律)' 등 논자마다 다양하게 명명되었는데, 여기서 '내(內)'라는 개념이 이 어휘들을 포괄하는 핵심 개념이라 할 수 있습니다. 그들은 시인의 감정과 정서를 반영하는 리듬을 '내재율'로 명명하였습니다. 쉽게 말해 아사무사(알듯 모를 듯)한 마음을 표현하거나 그런 감정을 시로 느끼는 것이 바로 '내재율'이죠.

내재율과 외형률의 사전적 정의를 살펴보겠습니다.

오늘부터 쓰시조 ──

내재율(內在律)

: 자유시에서 내용이나 언어의 배치를 통해 느낄 수 있는 잠재적 운율로, 겉으로 명확히 드러나진 않지만 은근히 느낄 수 있는 운율을 의미한다. 글자 수가 일정한 시조처럼 운율이 겉으로 드러나는 외형률과 대응된다. 일정한 형식을 취하지 않는 현대시는 대부분 내재율을 가지고 있다.

외형률(外形律)

: 운율은 시를 읽을 때 흥겨움을 주는 말의 가락으로, 이 중에서 외형률은 시의 겉으로 드러난 운율을 말한다. 우리 문학의 경우 시조나 향가에서 외형률을 찾아볼 수 있다. 외형률에는 글자수를 일정하게 배치하여 생기는 음수율(音數律), 일정한 위치에 일정한 음을 규칙적으로 배열하여 생기는 음위율(音位律), 음의 장단(長短), 음의 강약(强弱), 음의 청탁(淸濁), 음의 고저(高低)에 따라 생기는 음성률(音聲律) 등이 있다.

자, 여기서 문제가 발생합니다! 눈 크게 뜨고 사전적 정의를 다시 한번 읽어보시길. 외형률은 마음 안쪽이 아닌 바깥에서 느껴지는 것인가요? 외형률은 시를 보자마자 바로 리듬을 느끼는 것이고, 내재율은 바로 드러나지 않고 읽고 음미해야 느낄 수 있다는 말인가요? 그러면 시조는 감상할 필요도 없이 보는 순간 바로 리듬을 느낄 수 있다는 말인가요?

2015년 이후 개정된 중학교 1학년 국어 교과서에 외형률과 내재율이 처음 등장합니다. 교과서마다 다르지만, 윤선도의 고시조나 성삼문의 고시조 또는 김상옥의 현대시조 「봉선화」 등이 외형률을 보여주는 작품으로 소개됩니다. 그러면, 여기서 문제. 김영랑의 「돌담에 속삭이는 햇발같이」나 김소월의 「진달래꽃」, 김동환의 「산 너머 남촌에는」은 내재율일까요, 외형률일까요?

이들 작품은 일정한 패턴(반복)이 있습니다. 시조의 특정한 4마디 반복은 아니지만, 소위 말하는 3마디(음보) 반복이 있습니다. 그렇다면 이들의 작품도 외형률이 있다고 말해야 하지 않을까요?

돌담에 / 속삭이는 / 햇발같이　　　　　→ 3음보(+음위율)
풀 아래 / 웃음 짓는 / 샘물같이　　　　　→ 3음보(+음위율)

나 보기가 / 역겨워 / 가실 때에는　　　　→ 3음보(+음수율)
말없이 / 고이 보내 / 드리우리다　　　　→ 3음보(+음수율)

산 너머 / 남촌에는 / 누가 살길래　　　　→ 3음보(+음수율)
해마다 / 봄바람이 / 남으로 오네　　　　→ 3음보(+음수율)

특히, 김소월의 작품에는 특별히 '7.5조'라는 민요조를 적용합니다. 이 문제와 관련하여 교과서(+문제집+학원)는 이렇게 정리합니다. 음보율, 음수율, 음위율 등의 반복이 확실하면 외형률 인정! 그러나 '외형률=정형률'로 보고, 외형률이 시 전체에 영향을 주거나, 시 전체가 같은 패턴을 유지하고 있지 않다면, 곧바로 내재율로 보내버립니다! 다시 말해, '외형률=정형률'의 공식을 가지고, 정형률은 외형률인데, 이 정형률이 없으면 바로 내재율이 되어 버립니다. 내재율이 무엇인지를 따지지 않고, 정형률(외형률)인지 아닌지만 판단하면 끝!

여기서 정형률은 시 자체가 따라야 할 율격 혹은 규칙이 있다는 말로 정의합니다. 일본의 하이쿠나 유럽의 소네트처럼 말입니다. 자연스럽게, 우리의 시조(+고전시가)가 '짜잔' 하고 등장! 들쑥날쑥하지 않고 아주 잘 정제된, '3/4/3/4-3/4/3/4-3/5/4/3'의 음수율(+음보율)을 가진 시조(특히 고시조)를 예로 들어 이것이 바로 정형률이자 외형률입니다, 하고 서둘러 정리합니다.

확실한 율격을 가진 시조는 누가 봐도 정형률(외형률). 일정한 단어, 어절의 반복, 유사한 문장 구조의 반복, 동일한 종결 어미의 반복 등은 내재율. 가끔 현대시(자유시)가 보여주고 있는 아주 일정한 반복은 예외. 이렇게 정리하면 끝!

일정한 글자수 혹은 동일한 음보의 반복은 외형률인데, 시조(+고전시가)가 이를 대표하며, 자유분방한 현대시는 내재율. 그러나 현대시의 일정한 글자수 혹은 음보의 반복에서는 헷갈립니다. '이거 외형률 아니야?'하고 말입니다. 그러나 곧, 쉽게 정리됩니다. '외형률=정형률'이기 때문에, '정형률이라고 보기에는 시조처럼 확실하지 않지. 그러니 그냥 내재율이겠네'하고 깔끔하게 해결!

진짜 큰 문제는 이렇게 '외형률 VS 내재율'이 곧 '고전적인 것

VS 현대적인 것' 또는 '촌스러운 것 VS 세련된 것'의 문제로 손쉽게 치환된다는 점입니다!

외형률=고전적인 것?

외형률은 시의 표면에 규칙적으로 드러나는 것이고, 내재율은 시의 내부에 존재하는 것인데, 그렇다면 모든 시조시인의 작품에는 개성적, 주관적 운율이 없는 것인가요? 화가 납니다! 그러나 내재율의 정의를 오래 노려보면, 한 가지 이상한 점을 발견할 수 있습니다. 바로 아무것도 설명하지 못한다는 점!

내재율은 어떻게 리듬(운율)이 발생하고 느껴지는지 아무것도 설명하지 못합니다. 규칙 따위 필요 없이, 그냥 느껴지는 (feeling) 거야, 하고 말이죠. 다시 말해, 아무것도 정해진 것이 없으니 그것에서 뭔가가 느껴진다는 것이고, 시조는 정해진 형식이 있으니 뭔가가 '곧바로' 느껴진다는 말인데, 이게 무슨 말인가요? 그 뭔가는 도대체 뭔가요?

왜 이런 '내재율'이 등장하게 되었을까요. 사정은 간단합니다. 시조가 가진 정형률에서 벗어나는 것을 '근대적인 것'으로 보았기 때문입니다. 전근대적인 정형률이 아닌 것, 정형률에서 벗어나기만 하면 OK! 더욱 자유로운 형식을 갖게 된 것을 '근대적(현대적)'으로 보고, 규칙을 여전히 지키고 있는 것을 '전근대적'(근대에 미달한 것)으로 보았습니다. 식민지 지식인 눈앞에 나타난 서구의 첨단문물에 걸맞은 새로운 조선 시형이 필요한데, 고려 말부터 이어졌다는 전통장르 시조가 웬 말이야, 하고 말입니다. 이러한 관점은 지금도 여전합니다. 당신도 아마 이렇게 생각하고 있었을 겁니다.

식민지 이후, 1990년대 후반~2000년대 초 근대성 논의가 학계에서 활발하게 일어났을 때, 역사의 발전처럼 문학도 발전한다는 진화론적 관점에서 '시조→자유시'를 문학 발전의 과정으로 보았습니다. 외형률은 옛날의 고전적인 것, 내재율은 최근의 세련된 것. 이렇게 도식화하면 많은 것들을 설명하기 쉬워집니다. '식민지 근대화론'도 극복하기 쉬워집니다!

그렇다면, 시조는 역사 속 전통이자 유물인데, 계속 보존하고 계승해야 하는 것인가요? 시조를 쓰는 사람은 전통을 계승하는 사람이자, 애국자인가요? 마치 택견이나 씨름, 사물놀이나 판소리 같은 한국 고유의 것을 계승하고 지키듯이 말입니다.

우리가 가진 시조에 대한 오해는 바로, 이 지점에서부터 시작합니다. 시조는 현대적인 것이 아니라 고전적인 것(촌스러운 것)이며, 3장 6구 45자라는 형식으로 인해 시의 리듬을 아주 쉽게, 바로 느낄 수 있다는 것! 따라서 복잡다단하고 최첨단인 현대인의 감정을 짧은 시 형식에 다 담을 수 없다는 것!

결국, 시조는 시(자유시)보다 덜 세련되고 열등한 것으로 보고 있는 것이 현 실정입니다. 과연 그럴까요?

우리가 오해하고 있는 시조의 모든 것을 하나씩, 천천히 보여드리겠습니다.

"시조는 민족 전통 시가이니 지켜야 한다"

2

민족과 전통에서 내려올 것

2.

민족과 전통에서 내려올 것

시조(時調)

: 고려 말기부터 발달하여 온 우리나라 고유의 정형시.

국어사전에 나오는 시조의 사전적 정의입니다. 대부분의 사람이 이에 동의할 것입니다. 시조 역시 판소리나 씨름처럼 한국 고유의 '민족적인 것'이니 계승하고 발전시켜야 한다는 말과 함께 말이죠. 우리가 학창 시절 교과서에서 배웠듯이, 시조는 고려 말 정몽주&이방원 때부터 시작되었으니 얼마나 뿌리 깊은 예술 장르입니까! 시조 하면, '단심가'와 '하여가' 아닙니까!

심지어 신라 10구체 향가의 3단 구성 혹은 낙구로부터 시조의 유래를 찾기도 하니, 이 얼마나 뿌리 깊은 민족 장르인가요! 현재 몇몇 시조 관련 학계와 단체에서는 시조를 유네스코 인류무형문화유산 또는 세계기록유산에 등재시키기 위해 다양한 프로젝트를 진행하고 있습니다. 가장 최근 한국에서는 연등회(2020), 씨름(2018), 제주 해녀 문화(2016) 등이 유네스코 무형문화유산에, 팔만대장경(2007), 훈민정음해례본(1997), 조선왕조실록(1997) 등이 세계기록유산에 등재되었죠.

이에 따라 시조를 쓰는 시인들도 은연중에 본인의 작품 활동이 '민족의 얼(정신)'을 지키는 것으로 생각합니다. 오랫동안 시조단에 속해 있으면서 다양한 행사에 참여할 때마다 제가 늘 듣는 건 배사가 하나 있습니다. '시조를 지키자' 혹은 '시조의 세계화를 위하여'라는 말입니다. 한국 전통 문학 장르이자 민족정신이 깃든 시조야말로 우리가 지켜야 할 최후의 보루이자 민족정신 그 자체인 것이죠. (현대)시조 1편도 교과서에서 찾기 힘드니 교과서 필진의 우매함을 운운하거나, 수능에 기껏해야 고시조 한 편 정도 지문으로 나오는 대한민국의 백년지교육대계를 걱정하는 우리 시조시인들이 정말 많이 있습니다!

또한, 최근에는 드라마 〈지옥〉, 〈오징어 게임〉, 영화 〈미나리〉, 〈기생충〉 등이 전 세계적인 콘텐츠가 되었고, 뮤지션 〈BTS〉, 〈이날치〉 등이 국위 선양을 하고 있습니다! 'K-드라마', 'K-Pop', 'K-좀비' 등이 전 세계인을 홀리며 소위 '한류(K-문화)'가 세계적으로 열풍을 일으키고 있는데요. 시조 역시 이러한 세계화의 물결에 편승하고자 합니다! 시조와 단골로 비교되는 일본의 하이쿠처럼, 시조 역시 전 국민이, 전 세계인이 즐기는 콘텐츠로 만들자는 것이죠.

시조에 대한 인식이 이러다 보니, 시조를 얕잡아 보거나 조금이라도 비판이 가해질 요량이면, 큰일 납니다! 감히 민족 장르를, 민족정신 그 자체를 비판해? 자네, 지금 자네의 뿌리를 부정하는 것인가? 하고 말입니다.

실제로 학계나 문단에 이런 기류가 존재합니다. 학계에서는 시조의 정형률을 '전근대적인 것'으로 보고 자유시를 '근대적인 것'으로 보지만, 또 아이러니하게도 시조의 미학과 리듬을 밝히고 연구하는 일에는 소홀했습니다. 전통 장르인데 뭘! 전통 장르는 무조건 지켜야지! 굳이 장단점을 따질 필요가 있나! 전통을 지키려는 시인들이야말로 얼마나 숭고한 자들인가! 시조가 별로라도 입 밖으로 쉽게 '별로네'라고 말할 수 없습니다!

'묻지도 따지지도 말고 시조는 민족 전통 시가다. 그러니 계승하고 지켜야 한다'. 아주 간단한 논리입니다. 그러나 여기서부터 시조의 모든 문제가 발생합니다!

전통과 민족이라는 '실드(shield)' 때문에 시조 외부는커녕 시조 스스로 비판 능력을 키우지 못했고, 온실 속 화초처럼 웃자라기만 했습니다. 여전히 시조단에서는 가람 이병기 선생의 '시조는 혁신하자'(1932)는 구호를 캐치프레이즈로 걸고 있습니다. 시조단의 체 게바라 가람 선생! 학계의 현대시조 관련 논문의 절반 아니, 90% 이상이 가람 선생과 관련된 논문이며, 지금도 시조의 현대성,

시조의 미래와 관련하여 가람 선생이 소환됩니다. 지금이 2021년이니 90년이 지났습니다. 다시 말해 90년 동안 시조는 단 한 번도 혁신이 없었던 것입니다!

시조는 '고인물'이 아니다

전통과 민족이라는 '실드'가 시조를 과연 언제까지 지켜줄 수 있을까요. 전통을 계속 지키려면 박물관에 보관하면 되고, 민족을 지키려면 고립되면 됩니다. 다문화가정과 국제결혼을 쉽게 볼 수 있는 21세기 한국에서 '상상의 공동체'(베네딕트 앤더슨)라 일컬어지는 민족이라는 개념을 얼마나 붙잡고 있을 수 있을까요.

물론, 민족 고유의 것을 무시할 의도도 없고, '손절'할 생각도 없습니다. 다만, 제가 염려하는 것은, 전통이랍시고 모든 문제를 덮어두는 것은 매우 위험하다는 것입니다. 지킬 것이면 제대로 지키자는 말입니다. 박제시키지도 말고, 어설프게 변용도 하지 말자는 것이죠.

여기가 제가 계속 고민하는 부분인데, '깜빡이' 없이 바로 치고 들어가겠습니다!

시조는 전통 문학 장르가 아닙니다! 시조는 고려 말부터 시작된 '고인물'이 아니라, 1930년대 식민지 때 발견되고 발명된 새로운 문학 장르입니다. 앞 장에서 말씀드렸듯이, 시조는 부르는 시조에서 읽는 시조, 쓰는 시조로 전환되었고, 음악이 아니라 문학이 되었습니다.

고려 말부터 시작된 '고인물'은 노래, 지금 우리가 읽고 쓰는 것은 문학! 왜 시조는 뭐가 부족해서 자꾸 음악 장르였던 고시조를 소환하는지 모르겠습니다. 정통성과 역사성을 확보하면 좀 있어 보일까요? 왜 자꾸 '빽'을 만들려고 할까요.

다른 예술 장르와 당당히 미학으로, 문학성으로, 대중성으로 '맞짱'뜨면 될 것을 왜 시조는 비겁하게 전통과 민족을 끌고 올까요? 특히, 시조는 걸핏하면 자유시를 걸고넘어지며 자유시와 싸우려고 합니다. 왜 그럴까요. 식민지 시대에도 그랬고 지금도 똑같습니다. 새로운 것, 낯선 것을 받아들이고 싶지 않기 때문입니다! 서구의 낭만주의 영향으로 전에 볼 수 없었던 자유시가 생겨났던 그때나, 소위 '미래파'라 불리던 시인들의 출현 이후 최근의 난해한 시가 생겨난 지금이나 데칼코마니처럼 상황이 똑같습니다. 소름 돋죠.

최근 시조단에서는 방만해진 자유시, 난해한 자유시의 대안으로 시조를 내세우고 있습니다. 독자와 소통이 불가하고 무절제하게 늘어난 시를 강하게 비판하며 그 처방전으로 짧은 형식을 가진 시조를 내세우는 것입니다. 여기저기 문학 잡지에서 그런 글들을 쉽게 찾아볼 수 있죠.

시조는 우리 시가 지녀야 할 항심이다. 혼란에 빠진 현대시, 자유시가 새롭게 태어나기 위해 다시 돌아와 비춰보아야 할 시의 원형 혹은 원전이다. …(중략)… 낯설게 하기, 해체와 탈근대, 탈자아와 타자화, 언어 남발, 정체성 혼란, 무모한 실험 등등으로 자유시는 지금 소통 불능에 빠져들고 있다. 그런 자유시단을 향해 나는 탈출구를 시조에서 찾아보라고 권하고 있다. 왜? 시조는 위에 열거한 혼란상의 반대쪽의 미덕을 정형시, 민족시의 속성상 이미 갖추고 있기 때문이다.

—○○○, 『정형시학』(2017년 가을호, 30~31쪽.)

　　자본주의와 물질주의로 점철된 서구문화가 우리의 정서를 왜곡하고 우리의 모국어를 망가뜨릴 때, 인간 본연의 정신적 가치와 서정의 원형을 잘 보존하고 있는 민족문학인 시조가 제 기능을 발휘해야 한다는 거죠. 맞는 말씀입니다. 저도 심정적으로 동의합니다. 그러나 시조 스스로 미학과 예술성을 증명하지 못한다면, 이는 감정에 호소하는 것에 불과합니다.

　　더욱이 특정한 예술 장르가 다른 장르에 모범이 될 수 없고, 대안도 될 수 없습니다. 우열도 가릴 수 없습니다. 우리가 흔히 말하는 '각자도생'이라는 말처럼, 각 장르는 알아서 살아남되, 다른 장르와 비교될 수 없습니다!

　　여기에 시조가 한 가지 더 장점으로 이야기되는 부분이 있습니다. 바로 간결함입니다. SNS로 소통하며 긴 글에 익숙지 않은 이 시대, 이 세대에 알맞은 길이를 자랑하는 미니멀리즘 시조야말로 대세가 되지 않겠는가 하고 말입니다.

　　저도 시조가 대세가 되었으면 좋겠지만, 지금처럼 '고인물'로 시조가 존재한다면, 대세는 개뿔!

　조만간 시조는 박물관 한구석에 고이 자리 잡은 유물이 될 것입니다. (시조단의 바람대로) 시조는 역사의 뒤안길로 점차 사라지면서 유네스코 인류무형문화유산 또는 세계기록유산이 될지도 모릅니다.

시조는 시의 이데아가 아니다

　시조와 자유시를 다 창작하고 있는 나로서는 과연 자유시가 우리 시조와 전혀 관계없이 생긴 것인가라는 의문을 품고 있었다. 그간 자유시는 약 1세기 전 일본을 거쳐 들여온 서구풍 문학이며, 우리 풍토와는 무관한 것으로 알려져 왔다. 자유시라고 하여 이름 그대로 자유롭게 마구 쓸 수 있는 게 아니다. 거기에는 드러난 외형률 외에 보이지 않는 내재율이 있어, 이를 나의 몸에 배게 하는 데에는 상당한 습작 과정이 뒤따랐다. [1]

　'현대시조와 시'라는 문장을 인터넷 포털 검색창에 넣었더니, 위와 같은 기사글을 찾아볼 수 있었습니다. 이는 임화의 '이식문화론'처럼 이식과 모방을 통해 우리 한국문학이 발전했다는 것을 극렬히 비판하면서 등장한 민족문화론 혹은 내재적 발전론이라는 학계의 관점과 유사합니다.

　서구의 영향을 받아 '자유시'라는 장르가 새롭게 만들어졌지

---

1 〈기호일보〉, 2021년 3월 17일자.

만, 이미 그 저류에는 민족문학이라는 리듬(혼)이 흐르고 있다는 거죠. 이에 따라 시조의 4마디(음보) 혹은 4걸음이 한국어에 최적화된 것이자, 한국인의 성정에 아주 알맞은 리듬이라고 말합니다. 물론 진위를 따지기는 쉽지 않습니다. 오히려 김소월의 민요조가 한국인의 성정에 더 맞아들어가겠죠.

시조의 리듬이 자유시의 리듬에 선재 혹은 내재되어 있다는 말. 좋습니다. 충분히 가능성 있습니다. 다만, 이것으로 시조가 시의 원류이자 근본이라고 보는 관점은 매우 위험합니다. 시조라는 토대에서 자유시가 발전해갔다는 말. 좋습니다. 그럴 것 같습니다. 그러나 그것을 소급 적용해서 시조가 시의 본질(essense) 또는 '이데아(idea)'가 되려 한다면, 아주 위험한 발상이 아닐 수 없습니다!

문학사에서 시조의 리듬은 '당연히' 자유시에 영향을 주었을 것입니다. 그렇다고 해서 시조가 자유시보다 우위에 있거나 본질이 되지는 않습니다. 특히, 모국어와 민족의 문제로 손쉽게 시에 시조의 리듬이 내재되어 있다고 보는 것은 각별한 주의가 필요합니다!

전통과 민족이라는 호랑이에서, 그만 내려오자

따라서 저는 이렇게 제안하고 싶습니다. '계급장 떼고 한판 붙자!' 전통 지킨답시고 작품성 떨어지는 시조는 말 그대로 '광탈(광속-탈락)'시켜야 합니다. 시조라서 용서해 줄 것으로 생각하면 안

됩니다. 문학 장르면 언어 미학과 예술성으로 승부를 봐야죠! 자유
시든 소설이든 뭐든 간에 다 덤벼. 난 오늘만 살아. 뭐 이런 결기가
있어야 하지 않겠습니까? 저부터 반성하겠습니다.

1권 분량의 장편소설 혹은 시집 2~3페이지에 이르는 자유시 1
편이 있고, 3행의 짧은 시조 1편이 있습니다. 누가 이길까요? 잘 쓴
사람이 이깁니다! 보다 예술성을 갖춘 작품이 이긴다는 말입니다.
분량과 형식의 문제가 아니라는 말이죠. 영화 〈바르게 살자〉에 다
음과 같은 대사가 오갑니다.

"복싱이랑 우슈가 싸우면 누가 이기지?"

"당연히 총 든 놈이 이기겠죠. 빵."

맞습니다. 센 놈이 이깁니다. 유단자고 뭐고 다 필요 없습니다.

물론 작품성의 우위를 논하기는 정말 쉽지 않습니다. 소위 '작
품성이 있다'는 평가는 사람마다 다르고, 기준이나 정답도 없기 때
문입니다. 다만, 1편을 두고 100명의 독자가 100가지의 해석을 내
놓을 수 있다면 좋은 작품이 될 가능성이 높겠으나, 제가 주목하는
것은 독자의 문제가 아니라 작가의 문제입니다!

누가 읽든, 많이 읽든 간에 독자 문제는 뒤로하고, 작가는 목
숨 걸고 작품을 써야 합니다. 목숨까지 걸 생각이 없다면, 적당히
쓰시길. 적당한 작품이 될 것입니다. 적어도, 대충 써놓고서 전통
과 민족 장르의 시조를 지켜냈다고 자위하지는 말자는 거죠.

'시조시인'이라고 하여 전통 장르, 민족 장르인 시조를 지키고
있다고 생각하지 않았으면 좋겠습니다. 내 작품이 문학사에 기여

할 수 있는지, 문학 혹은 예술에 손톱만치 특정한 자리를 맡고 있는지 '끊임없이' 자문해야 합니다. 그 치열한 싸움의 결과물이 바로 작품 아닐까요? 시조시인이 싸워야 할 대상은 바로 시조라는 장르 자체입니다!

따라서 시조시인이 지켜야 할 것은 시조가 아니라 문학이고, 민족정신이 아니라 시인정신입니다. 전자를 내세울수록 우스워지는 것이 바로 자신이라는 것을, 시조시인들 스스로 깨달아야 합니다. 그럼에도 불구하고 여전히 지금도, 또한 앞으로도 시조는 '민족적인 것'임을 내세우는 시조시인들이 많을 것이나, 미안하게도 시조라는 장르는 그런 사람들로부터 아무런 영향도 받지 않습니다!

시조를 쓰고 연구하는 저 역시 깊이 반성해야겠습니다. 전통과 민족이라는 호랑이 등에만 올라타지 않았는지, 나 역시 호랑이 위세를 빌린 여우(호가호위)가 아니었는지 다시 돌아봐야겠습니다. 우리는 이제 호랑이 등에서 내려와야 합니다. 호랑이 탈을 벗어야 합니다.

저는 이제 이렇게 말할 것입니다. 시조는 한국 전통 시가, 민족정신 그 자체가 아닙니다. 시조 역시 한 시대를 관통해가는, 한 시대에 유행하는 예술이자 문학 장르 중 하나일 뿐입니다. 그러나 치열하게 쓴 작품은 끝까지 살아남죠. 그 살아남은 작품들은 전통이 될 것이고 문학사(史)가 될 것입니다!

전통이기 때문에 지키는 것이 아니라 지키기 때문에 전통이 되는 것입니다.

"시조의 정형률은 갑갑하다"

3

정제할 것은 욕망이 아니라 리듬

3.
정제할 것은 욕망이 아니라 리듬

교과서 덕분인지 대부분 사람에게 '시조'가 무엇인지 물어보면, 손쉽게 '3장 6구 45자'를 답합니다. 시조는 '초장 3/4/3/4, 중장 3/4/3/4, 종장 3/5/4/3'이라는 글자 수가 불문율로 정해져 있어 이 규칙을 꼭 지켜야 하는 (민족 고유의) 정형시라고 말입니다.

그러나 가뜩이나 할 말도 많은데 45자로 가능할까라는 의구심과 더불어, 현대인의 자유로운 감정을 어떻게 그 짧은 3장으로 다 담아낼 수 있겠는가 하고 고개를 절레절레 흔드는 것이 일반적인 반응입니다. 그렇다고 해서 복잡다단한 현대인의 삶을 노래하기 위해 단시조가 아닌 연시조로 계속 연을 늘리다 보면, 그것이 자유시(현대시)와 뭐가 다르겠는가 하고 또 의문을 제기하게 됩니다.

오늘부터 쓰시조

진퇴양난 혹은 진퇴유곡이죠.

1908년 한국 최초의 현대시라 일컫는 최남선의 「해에게서 소년에게」라는 작품이 출현한 이후, 그동안 심신 수양의 도구였던 '문(文)'은, '정(情)의 영역'(이광수)으로 전환되었습니다. 성리학에서 말하는 '사단칠정(四端七情)'을 올곧게 다스릴 수 있도록 수단이 되었던 것이 '문(文)'이었다면, 이제 개인의 감정에서 흘러나오는 리듬을 자유롭게 언어로 형상화하기 시작합니다. 정해진 질서, 정해진 형식 따위 없이, 느낌 가는 대로 쓰는 것이 바로 시죠!

그러나, 1908년 혹은 개화기 이전의 문학작품은 하나의 질서에 부합해야 했습니다. 바로 유교(성리학)! 조선의 주된 사상체계는 유교였습니다. 문학작품을 향유할 수 있었던 조선의 양반들은 자신의 욕망을 솔직히 드러내는 것보다, 좀 더 '고급진' 전략을 구사했습니다. 중국의 고사를 인용하거나 자연물을 통해, '나 이렇게 성리학적인 사람이야'하고 자신을 PR하는 방식으로 작품을 써 내려갔죠. '천한 것들'과는 다르니까!

문제는 바로 여기서부터 발생합니다. 21.2세기를 지나 21.3세기를 향하고 있는 현재임에도 불구하고, 조선의 시조처럼 자신의 감정을 그대로 드러내지 않고, "동창이 밝았느냐 노고지리 우짖는다"하며 '삼강오륜스런' 것을 시조로 본다는 것입니다. 앞서 말씀드렸지만 이런 부류의 시조는 현대시조가 아니라, 고(古)시조입니다.

하지만 대부분의 사람이 현대시조에 대한 올바른 정보를 접할 기회가 없다 보니, 시조는 삼강오륜스런 세계관을 가진 문학 장르이며 개인의 욕망이 적절히 억압되었으니, 시조의 정제된(경직된) 정형률과 그런 세계관이 아주 잘 어울린다고 우리는 쉽게 오해하게 되었습니다!

따라서 들끓는 우리 현대인의 감정과 욕망을 드러내기에 시조의 정형률은 갑갑하고 답답한 것이라 여기게 되었습니다. 피가 거꾸로 솟는, 가슴이 다 타들어 갈 것 같은 이 마음을 어떻게 '깔끔하게' 4마디와 3장으로 나누고 글자 수를 맞춘다는 말입니까!

"난 너를 믿었던 만큼 난 내 친구도 믿었기에 난 아무런 부담 없이 널 내 친구에게 소개 시켜줬"다는 김건모의 〈잘못된 만남〉이 1995년에 나왔으니, 25년이나 지난 지금, 우리는 우리의 심박 수보다 훨씬 더 빠른 비트를 원하는데, 시조라니. 물 없이 고구마 10개 먹은 기분이 드는 것이 정상입니다.

삼강오륜스런 시조는 고시조

고고한 선비정신이 '여전히' 흐르고 있는지, 자신의 욕망을 철저히 숨기고 조선조 양반 같은 작품을 쓰는 시조시인들이 '여전히' 많습니다. '천한 것들'처럼 쓸데없는 잡소리를 늘어놓는 것보다는, 정제하고 정제한 3장으로 승부를 보려는, 그래서 단시조가 시조의 정수임을 강조하는 시조시인들이 무척 많습니다.

일단, 단시조 문제는 뒤로하고, 정제의 문제를 집중적으로 파고들겠습니다! 물론, 시조든 뭐든 간에 '아무 말 대잔치'는 예술이 되기 어렵습니다. 앤드레 브르통으로부터 시작된 초현실주의 자동 기술법(뇌-피셜)이 아닌 이상, 예술은 나름의 내적 논리와 질서가 있어야 합니다. 그러나 예술의 논리와 질서는 도덕이 아닙니다. 사단칠정, 삼강오륜스런 도덕은 더더욱 아닙니다! 예를 들어보겠습니다.

> 푸른 하늘 뜻을 살펴 초석을 다져놓고
> 날씨에 순응하며 지상을 살찌우면
> 옥양목 두루마기가 청빈하게 오리라 *

하늘의 뜻을 살펴 살 수 있다면 이 얼마나 고고한 삶인가! 그러나 나는 지금 배가 고프고 욕심과 질투로 가득하며 '먹고사니즘'에 정신없습니다. 비가 오면 우산 챙기기 귀찮고 더우면 짜증 나죠! 옥양목 두루마기를 입은 이라니. 아마, 신선이 아닐까요?

> 태백 준령 흘러내린 어머니강 오십천아
> 이 백리 넓은 들판 구비마다 절경이다
> 황지와 검룡소 물빛은 한겨레의 이상향

관광명소나 관공서 벽면에 붙어 있을 만한 작품입니다. 모성

---

* 앞으로 작가를 밝히지 않고 제시되는 모든 인용시는 시조잡지나 시조집에서 직접 본 작품을 제 나름대로 각색한 것입니다.

의 발로로 태백 준령에서 발원한 강물이 온 대지를 적십니다. 그야
말로 한겨레의 이상향이죠. 유구한 한민족의 역사가 유유히 흐르
는 것 같습니다! 그러나, 인용시에서 우리 인간의 솔직한 감정은 찾
기 어렵습니다.

　　물론 이런 부류의 작품도 얼마든지 쓸 수 있습니다. 그러나 이
런 부류에 중독되기 시작하면 계속 이런 작품만 쓰게 됩니다. 자기
감정을 솔직히 드러낸 적이 '전혀' 없으니, 감정보다는 추상과 이념
에 매달릴 수밖에 없습니다. 제 주변에 이런 분들, 많이 계십니다.
여기, '삼강오륜스러움' 추가! 그 누구도 쉽게 욕하지 못하니까요.

미학을 향하는 시조는 현대시조

　　자, 여기서 고시조와 현대시조의 경계가 명확히 나눠집니다!
고시조는 (개인의) 욕망을 최대한 억제하는 것이고, 현대시조는 욕
망을 그대로 노출하거나 오히려 증폭시킨다는 것이죠. (물론, 조선
후기 사설시조는 제외합니다) 점잖지 못하게 말입니다.

　　그러나 예술의 기준은 시대와 장소에 따라 달라지기 마련입니
다. '추미(醜美)'도 존재하는 마당에, 욕망을 억누르는 것은 능사가
아닐 것입니다. 물론 무분별한 노출 역시 그다지 미학적이진 않을
것입니다.

　　그렇습니다! 문제는 미학입니다! 욕망을 노출하든 안 하든 간
에 중요한 것은 얼만큼의 미학을 추구했느냐가 아닐까요? 당연히

미학은 시대에 따라 다르고 공동체마다 다르겠지만, '정제'가 미학을 향해야지 도덕을 향해서는 안 됩니다. 예술이기 때문이죠. 물론 예술이라고 해서 도덕과 관습을 무조건 부정할 수는 없으나, 예술은 미학을 추구하는 것을 최우선으로 삼기 때문에, 용서됩니다!

미학의 추구 여부 혹은 미학을 얼마나 확보했는지는 쉽게 판단할 수 없습니다. 다만, 시인의 관점에서 시인의 윤리로서 미학은 말할 수 있습니다. 시인은 아름다움을 숭상하는 사람이니까요.

이제, 정제의 문제는 이렇게 깔끔하게 해결할 수 있겠습니다. 시조는 정제된 질서를 갖고 있지만, 그것은 형식이지 욕망이 아닙니다. 아니, 욕망이 정제될 수 있긴 한가요? 그것은 가식 아닌가요? 시는 시집에서, 도덕은 도덕책에서 찾으시길. 왜 도덕을 시로 쓰려는지 모르겠습니다.

정형률은 규칙이 아니라 질서

최근 코로나19 감염증으로 인해 대면 강의를 아예 하지 못했지만, 코로나19가 유행하기 전까지만 해도 매년 초중고생을 대상으로 시조 특강이나 글쓰기 특강을 이어갔습니다.

특히 초등학교 4~6학년을 대상으로 시조 특강을 몇 번 한 적이 있었는데, 그때마다 '깜놀'했습니다. 우리의 '초딩'들이 시조를 너무 잘 썼기 때문입니다! 30분 남짓 시조의 형식을 알려주고 곧바로 시조백일장을 열었는데, 그때마다 제출한 학생들의 작품은 가히 압권이었습니다! 기발한 것은 둘째 치고, 어쩜 그렇게 형식을 잘 지키면서도 재미있게 잘 쓰는지, 일반 어른들보다 훨씬 나았습니다!

학교 현장에 있는 선생님들께 종종 이야기 들었지만, 아이들이 시조의 정형률을 맞추는 것에 어려움을 전혀 느끼지 못한다고 합니다. 오히려 자유시를 쓰기 더 어려워한다고 들었습니다. 뭔가 시사하는 점이 있죠.

정형률이라는 '울타리'가 있습니다. 누군가는 이 울타리 밖을 뛰쳐나가고 싶어 하고, 누군가는 이 울타리 안이 안전하다고 여기며 편하게 느끼는 사람이 있습니다. 대체로 시조를 오래 쓴 사람일수록, 내공이 깊은 사람일수록 이 울타리 안을 편하게 느낍니다. 그러나 초심자들이나 일반인들은 이 울타리를 갑갑해 하죠.

이 차이. 이 차이가 시조시인과 일반인, 하수와 고수를 가릅니다. 울타리의 다른 버전은 예정설. 인간의 구원은 인간의 행위나 노력으로 이루어지는 것이 아니고, 신의 의지로 미리 정해진다는 기독교의 교리처럼, 닫힌 영역이 있습니다. 예정설의 반대항은 자유의지설. 그러나 기독교의 교리에 따르면, 자유의지는 예정설 안에 있습니다! 그것이 바로 예정조화설이죠.

정형률도 마찬가지. 갑갑하고 답답한 것 같지만, 그 안에서 충분히 뛰어놀 수 있고 뭐든지 다 할 수 있습니다! 곁에서 보기와는 다르다는 말입니다. 글자 수 맞추는 것에 쩔쩔매는 하수의 단계를 넘어서면, 글자 수를 가지고 노는 고수의 단계에 이릅니다. 한 단어로 한 세계를 가져오기도 하고, 한 문장으로 수십, 수백 년의 시간을 보여주기도 하니, '폐쇄적'이라는 말은 고이 접어 넣어두시길.

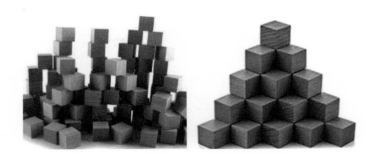

보시는 바와 같이, 시라는 구조물이 2가지 방식으로 있습니다. 나무 블록을 쌓아 올려서 의미의 최상층까지 도달해야 한다고 칩시다. 왼쪽은 블록을 무질서하게 마구마구 쌓아 올리려고 했고, 오른쪽은 질서 있게 쌓아 올리려고 했습니다. 어떤 쪽이 더 효과적이고 더 빠를까요?

마구잡이로 쌓아 올린 자유율이 있고, 단어 하나, 조사 하나, 문장 하나를 공들여 쌓아 올린 정형률이 있습니다. 어떤 것이 더 좋아 보이나요? 물론 자유율 역시 차곡차곡 의미를 적층해낼 수 있고 나름의 질서를 가질 수 있습니다. 그러나 단어가 많아질수록, 문장이 많아질수록 뒤죽박죽이 될 가능성이 높습니다!

다시 말해, 정형률은 질서를 말하는 것이지, 규칙을 말하는 것이 아닙니다! 답답한 규칙이 아니라 안정적인 질서라는 뜻이죠! 답답하다고, 폐쇄적이라고 느끼는 사람에게는 그것이 규칙이나 속박이 될 것이지만, 그렇지 않은 사람에게는 안정감을 주는 질서가 될 것입니다.

정형률은 갇힌 것이 아니라 갖춘 것

율격은 시인의 흥분된 정신 상태의 산물이기 때문에 열정과 충동을 함축하고 동시에 반복되는 질서이기 때문에 의지와 절제를 드러낸다. 전체적인 질서라는 관점에서 보면 율격은 통일이며 안정일 것이나, 전개되는 과정에 입각해서 살피면 율격은 자극이며 각성일 것이다. 율격은 흥분과 안정, 각성과 진정, 기대와 만족이 되풀이되는 흐름이다.

— 김인환, 「시조와 현대시」(『현대시란 무엇인가』, 현대문학, 2011, 22쪽.)

시조의 리듬(율격)에 대한 이보다 더 정확한 정의가 또 있을까요. 시조의 율격은 의지와 절제를 드러낸 질서입니다. 그러나 이 질서는 흥분과 안정, 각성과 진정이 되풀이되는 것입니다. 이처럼 쉽게 쓸 수 없으며, 쉽게 읽을 수 없는 것이 바로 시조입니다!

따라서 정형률은 '갇힌 것'이 아니라 '갖춘 것'입니다. 다만, 형식이 안정되었다고 해서 그 안의 감정 역시 안정적인 것은 아닙니다. 우리의 감정은 언제나 불안정하며 질풍노도를 겪고 있으니까요. 위 인용 글과 같이 흥분과 안정이 동시에 전개되어야 합니다. 지금 우리의 기분이 그러하니까요!

앞서 보여드린 아주 안정적이고 삼강오륜스러운, 추상적이고 이념적인 작품은 각성이 없습니다! 열정과 충동도 필요 없고, 의지와 절제를 드러낼 필요도 없죠. 기대와 만족이 되풀이될 것도 없습니다.

그렇다면, 이제 우리에게 한 가지 남은 문제가 있습니다. 바로, 안정적인 시조의 리듬(형식)에 어떻게 불안정한 감정을 담을 것이냐! 냉장고에 코끼리를 넣는 것처럼 말이죠. 바로 미학으로 직진하게 되었습니다!

정형률이 폐쇄적이라는 말. 그래서 답답하지 않냐는 말. 저는 늘 들어왔습니다. 그런데 저는, 한 번도 답답하다고 느낀 적이 없다고 말한다면 믿어줄까요? 저는 무엇이든 3행으로 말하지 못한다면 장편소설 한 권의 분량을 써도 말 못 할 것이라는 믿음이 있습니다. 3행으로 얼마든지 무엇이든 쓸 수 있다고 말이죠. 아주 잘 벼린 칼처럼 말입니다.

정형률이 폐쇄적인 것이 아니라, 정형률을 생각하는 우리의 마음이 폐쇄적인 것입니다.

"시조는 오래된 형식이라 현대와 어울리지 않는다"

4

오래된 것은 형식이지 내용이 아니다

4.

오래된 것은 형식이지 내용이 아니다

이방원&정몽주가 고려 말, 조선 초 사람이니 못해도 13세기 말~14세기 초부터 시조가 시작된 것이니, 시조가 오래되긴 했습니다. 중국의 절구(絶句)는 7세기 당나라 때부터, 유럽의 소네트(sonnet)는 르네상스 시기인 14세기부터, 일본의 하이쿠(俳句)는 16세기 시인 바쇼(芭蕉) 이후로 본격적으로 창작되기 시작했습니다.

세계 대표 정형시를 연식으로 나열하면 절구-시조-소네트-하이쿠 순으로 볼 수 있을 겁니다. 이 중 하이쿠와 시조만 유일하게 현재까지 활발하게 창작되고 있습니다. 절구와 소네트는 거의 유물 급으로 전락해버렸고, 시조도 머지않았죠. 그런데 하이쿠는 일본에서 여전히 전 국민적으로 인기가 있다고 들었습니다. 일본에서 하이쿠를 즐기는 사람(하이진 俳人)은 500만 명 이상이며, 전 세계적으로 800만 명 이상 하이진이 있다고 합니다.

남과 비교하는 것은 좋지 않다고 배웠으니, '엄친아(엄마 친구 아들)' 하이쿠와 비교하는 짓은 더 이상 하지 않겠습니다. 다만 우리는 시조의 역사가 워낙 오래되었으니, 시조가 신라의 향가나 조선의 경기체가, 악장 등과 같이 유물 급의 문학 장르가 아닌가 하고 생각하게 됩니다. 더욱이 교과서나 이런저런 책이나 기사에서 접하는 시조가 죄다 '고시조' 혹은 '고시조스러운 시조'이다 보니, 자연스러운 귀결이죠.

그러나 2020년 12월까지 인류가 지구 밖으로 쏘아 올린 인공위성이 10,000기가 넘고, 현재 5,000여 기가 지구를 돌고 있으며, 2,000여 기가 작동 중이라고 합니다. 최근 미국 Space X는 전 지구 인터넷 서비스 제공을 위해 우주에 12,000기의 위성을 발사할 계획을 발표했고, 민간인 우주여행을 위한 우주 시험 비행이 여기저기서 계속 성공하고 있습니다.

이런 최첨단 시대에 유물이 웬 말인가요! 4차 산업혁명, 정보혁명 시대에 시조라니요!

시대는 점점 최첨단으로 발전해가고 있습니다! 이세돌 9단도 AI '알파고'에 바둑을 졌고, 평소라면 10년 걸릴 코로나19 백신도 반년도 채 되지 않아 만들어내고 있는 현 상황에서 시조는 과연 현시대와 어울릴까요?

그래서 걸핏하면 시조단에서 개최하는 학술 세미나 주제에는 '현대성'이라는 말이 꼭 붙습니다. 도둑이 제 발 저리나 봅니다. 현대인이 자신의 감정을 노래하면 당연히 현대성을 갖는 것 아닌가요? 왜 현대성을 자꾸 운운할까요? 시조가 오래된 형식이라는 것을, 그래서 문제라는 것을 시조단 역시 잘 알고 있기 때문입니다!

시조단이 머리를 쥐어짠 끝에 최근 등장한 것이 다음의 2가지 해법입니다. 하나는 시조가 소통 불가, 난해한 자유시에 대한 대안 혹은 처방전이라는 것. 또 다른 하나는 SNS시대에 짧은 시조가 맞춤 장르라는 것. 전자는 앞 장에서 말씀드렸고, 후자를 생각해봅시다. 과연 시조가 SNS시대에 유행할 만한, 알맞은 장르인지 말이죠. 텍스트보다 넷플릭스, 유튜브와 같은 영상 매체에 익숙하며, 긴 글보다는 짧은 글과 이미지 그리고 '움짤'로 소통하고 의견을 내는 SNS시대에, 과연 시조는 어떻게 기능할 수 있을까요. 아니, 문학이 과연 이 시대에 필요하기는 한가요?

SNS와 문학은 만날 수 없는가

지금은 조금 잠잠해졌지만, '시팔이 하상욱'은 한때 '어마무시' 한 열풍을 몰고 왔습니다. 그는 'SNS POET'라고 해서 SNS(특히 트위터)에 딱 들어맞는 '단편시'를 쓰면서 일약 스타덤에 오르게 되었습니다. 다양한 예능 프로에 섭외 1순위가 되었고, 여전히 '스타강사'로서 여기저기, 이곳저곳 강연을 이어가고 있습니다.

그러나 문학계에서는 그를 '시인'으로 인정하지 않습니다. 문학계에서 하상욱은 '진짜 시인'이 아니며, '진짜 시'를 쓴다고 생각하지 않습니다. 다만 그는 엔터테이너 혹은 셀럽 정도의 영향력을 지니고 있는, 그런 '괴짜'로 보고 있는 것이 현 문학계의 시선이라 할 수 있습니다.

하상욱의 출현으로 인해 문학계는 또 한 번 숙제를 안게 되었습니다. 그것은 바로 '진짜 시'는 무엇이며, 시는 대중과 어떻게 소통해야 하는지 말이죠. 하상욱의 시가 '진짜'가 아니라면, '진짜 시'는 어떠해야 하며, 대중과 점점 멀어지고 있는 '진짜 시'가 하상욱의 단편시처럼 대중과 호흡할 수 있다면 어떻게 해야 하는지 말입니다.

하지만 하상욱은 똑똑하고 특이한 사람! 그는 문학계의 모진 비판의 칼날을 비껴가기 위해 본인은 자신을 시인이라고 생각하지 않으며, 단지 '詩팔이'로서 시를 팔아먹는 사람이라고 자신을 낮췄습니다. 그는 자신이 '감성팔이'를 하고 있다고, 잠깐 공감하고 잊히는 것도 상관없다고 말합니다. 그 덕분에 문학계는 그를 비판할 수 없게 되었습니다. 다만 배는 아플 수 있겠죠. 이제 그는 스스로 한 장르가 되었습니다.

자, 여기서 시조가 하상욱이라는 달리는 말 혹은 호랑이 등 위에 올라타고자 합니다! SNS로 '문학적인 것'을 보여줄 수 있는 하상욱처럼, 시조 역시 짧은 형식으로 유행할 수 있다는 것이죠! SNS상에서는 많은 말을 할 수 없지만, 시조는 극히 짧은 형식을 갖고 있으니, 시조를 SNS에 올리거나, SNS에서 시조의 가능성을 찾으려는 시도가 곳곳에서 시작되었습니다!

그러나 안타깝게도, 그것은 말 그대로 희망 사항! 제가 보기에 시조는 절대로 SNS상에서 유행한다거나 시조의 가능성을 SNS에서 찾아볼 수 없습니다. 이유는 크게 다음의 3가지를 들 수 있습니다.

첫째, SNS는 깊이가 얕다는 것.

SNS는 '문학적인 것'이 오가는 공간이 아닙니다. 여전히 우리는 문학적인 것을 책에서 찾으려고 하지, 아직 SNS에서 찾을 준비가 안 되어 있습니다. 문학은 '진지한 것'이라는 우리의 선입견이 작동하고 있기 때문입니다. 또한 깊이의 문제에 있어 SNS는 얕다고 말할 수 있습니다. 예전에 누군가 제게 말했죠. "트위터는 똥 싸는 곳이고, 페이스북은 똥 싸는 것을 자랑하는 곳이고, 인스타그램은 똥 자체를 보여주는 곳"이라고 말이죠. 다소 폭력적이고 위험한 발언이긴 하지만, 조금은 설득력이 있는 것도 사실입니다.

둘째, SNS는 비교적 젊은 세대의 공간이라는 것.

2004년 2월 4일 페이스북이 시작되었고, 2006년 7월 15일 트위터가 시작되었습니다. 페이스북은 이제 곧 메타(Meta)로 사명이 바뀌는데요. SNS를 넘어서 메타버스(metaverse)로 향한다고 합니다. 20년의 역사도 되지 않은 SNS는 스마트폰을 장난감처럼 다룰 수 있는 젊은 세대에게는 아무것도 아니지만, 연세가 많으신 분들에게는 언감생심. 그러나 슬프게도 여전히 시조시인들의 연령대는 (매우) 높습니다. 즉, 시조 쓰는 사람이 손쉽게 접근하지 못하는 곳이 SNS인데, SNS 시조라니. 안타까울 따름입니다.

셋째, SNS는 홍보의 공간이라는 것.

SNS로 타인과 소통하고 일상을 공유하며 자신의 의견을 말한다고 하지만, 사실 대부분의 글은 홍보에 가깝습니다. 가식 하나 없는 자신의 본모습을 보여주기는커녕 자기 자신을 그럴싸하게 포장하기 바쁜 곳이 SNS입니다. 너무 세게 말한 것 같지만, 그것이 SNS의 본모습입니다. 더욱이 개인의 일상 같지만 이미 유튜브 '뒷광고'와 비슷하게 자본이 흘러 들어간 곳이 SNS입니다. SNS를 더 비판할 수 있겠으나, 오늘은 여기까지. 홍보의 공간으로 전락해버리고 있는 SNS가 문학의 공간이 되기는 어려워 보입니다. '좋아요'를 구걸하는 곳에서 얼마나 삶에 대한 깊은 고민이 일어날 수 있을까요.

그럼에도 불구하고, SNS의 짧은 형식과 시조가 잘 어울린다고 보면서 시조의 가능성을 점치고 있습니다. 특히, 140자로 제한된 트위터의 경우, 강렬한 메시지로 대중과 소통하고 공감을 얻는 효과가 있기 때문에 45자 내외의 단시조 형태가 이에 아주 적합하다는 것이죠. 다시 말해 짧은 형식을 선호하는 시대이니, 앞으로도 SNS는 점점 많은 사람이 애용할 것이니 사람들이 시조에 더 쉽게 접근할 수 있지 않을까 하고 말입니다. 그러나 SNS도 슬슬 사용자가 줄어들고 있습니다. 시대는 넥스트 인터넷과 메타버스를 향하고 있죠.

정리하자면, SNS와 문학의 공간은 서로 만나기 어렵습니다.

여전히 우리는 '문학적인 것'을 따로 상정하고 있기 때문이며, SNS는 생각보다 빠르게 변질하고 있기 때문입니다. SNS 사용자가 점차 줄어들고 있기도 하고요. 결국, SNS라는 매체의 속성을 제대로 파악하지 않은 채 섣부른 낙관론에 빠져 있는 것이 현 시조단의 실정이죠!

현대라는 새 술, 시조라는 낡은 부대

이런 말이 있습니다. "새 술은 새 부대에 담아라." 성경에 있는 말입니다. 새 술을 오래된 부대에 넣으면 가죽이 터진다는 말이죠. 거꾸로 해도 터집니다. 오래된 술을 새 부대에 넣어도 터집니다. 적당한 관계가 있다는 말이죠. 이는 시조에도 그대로 적용됩니다.

시조는 현대를 담을 수 없다! 시조는 오래된 부대, 현대는 새로운 술. 새로운 현대를 오래된 시조라는 부대에 넣으면 부대가 터진다는 것입니다. 가뜩이나 복잡+미묘한 현대인의 감정과 삶을 짧은 3행에 담을 수 없다는 것이죠. 2000년대 초반 소위 '미래파'가 등장하면서 시가 무척 길어졌습니다. 시집 2~3페이지를 넘기는 시는 기본이었고, 시 1편으로 시집 한 권을 낸 시인도 나타났죠. 그만큼 현대인은 복잡한 삶을 살고 있으며 매우 복잡한 마음을 갖고 있습니다. 이런 상황에서 3행의 시조라니. 새 술은 얼마 들어가지도 못하고 낡은 부대가 터질 것 같습니다!

그러나 여기서 우리가 쉽게 간과하는 것이 있습니다. 시조는 형식이 오래된 것이지 내용이 오래된 것이 아닙니다! 형식이 오래되었다고 해서 요즘 시대와 걸맞지 않은 고시조스런 내용을 가져오면 그것은 말 그대로 낡은 부대, 고시조입니다. 그러나 현대인의 감정과 마음, 현대인의 삶을 가져온다면 그것은 새 부대. 낡은 부대와 새 부대의 차이는 형식의 차이가 아니라 내용의 차이입니다!

다듬이 소리

악보를 모르시는 어머니가 연주한다
다듬이는 탄금이요 방망이는 섬섬옥수
경쾌한 리듬을 타고 깊은 한이 펴진다

최근에 발간된 시조 잡지에서 발췌하여 적당히 각색한 작품입니다만, 이런 작품이 여전히, 아직도, 정말 많이 발표되고 있습니다! 시조 잡지나 지하철 스크린도어 등에 이런 부류의 작품은 손쉽게 찾아볼 수 있죠. 참고로 저는 다듬이 소리를 TV 드라마나 영화에서 들은 적이 있습니다. 민속박물관에서 들을 수 있는 다듬이 소리. 물론 연세가 있으신 분은 다듬이 소리에 익숙하실지도 모르지만, 현대인의 감성은 분명 아닙니다. 더욱이 '탄금'이나 '섬섬옥수'라는 어휘 역시 조선조 시조에서나 볼 수 있는 어휘입니다. 현 21.3세기와는 어울리는 단어가 아니죠. 현대인에게 다듬이는 유물이니, 시조 역시 유물이 되어버렸습니다. 이게 바로 낡은 술을 낡은 부대에 담은 결과라 할 수 있습니다.

냉장고 파먹기

이나영

오늘도 다 쏟았지 하루 치 일용할 말
남아서 아쉬운 건 밀봉해 넣어야지
날마다 저장해둔 것 어쩌자고 쌓이는지

구멍 난 목소리에 혓바늘 돋아나면
불안한 쉰내 품은 냉장고 열어볼 차례
무심히 채우기만 한 단어들을 꺼내 볼까

끓이고 튀겨봐도 시들고 엉겨붙어
멋대로 어긋나선 배 불리지 못할 맛
몰랐지 아니 알았나 지나간 말의 유효

비교적 시조단에서 젊은 시인의 작품을 하나 가져왔습니다. 코로나19가 터진 이후 우리들은 사회적 거리두기에 따라 냉장고를 파먹는('냉파') 시대를 보내고 있습니다. 특히 젊은 세대('요즘 것들')의 혼밥은 이제 더 이상 사회문제라고 보기 어렵죠. 이러한 감성을 시조에 담는다면, 새 술을 새 부대에 담는 게 아닐까요?

결국 문제 하나가 남습니다. 현대인의 마음과 삶을 시조 3행으로 충분히 담을 수 있겠는가 하는 문제. 저는 당연히 충분하다고, 아니 자리가 남아돈다고 말하겠지만, 그것을 미학적으로 성취하는 것은 무척 어렵습니다. 하지만 이 정도 극강의 난이도가 있어야 덤빌만하지 않을까요? 저는 계속 덤빌 것입니다. 당신도 계속 덤비시길.

다시 말해, 어떤 내용이 담기느냐에 따라 시조는 새로운 부대(형식)가 될 수도 있고 낡은 부대(형식)가 될 수 있습니다! '촌철살인(寸鐵殺人)'이라는 말처럼 한 치의 칼로도 사람을 죽일 수 있으니, 몇 마디의 말로 사람의 마음을 움직일 수 있습니다. 즉, 촌철살인이 가능한 미학적 완성도가 높은 시조는 낡은 부대가 아닌 새 부대가 될 수 있습니다. 간단한 문제죠!

시조라는 '그릇'은 오래되었습니다. 인정합니다. 그러나 그릇에 담기는 내용 또한 오래된 것은 아닙니다. 많은 시조시인들이, 일반인이 오해하는 지점이 바로 이곳입니다! 시조가 오래된 형식이니 당연히 오래된 내용이 들어가야 한다고 생각하는 거죠! 형식이 내용을 지배해버렸습니다. 하지만 틀렸습니다. 내용이 형식을 가지고 놀아야 합니다! 시조가 현대적이냐고요? 네, 현대적입니다.

낡고 오래된 것은 형식이 아니라, 낡고 오래된 당신의 마음, 당신의 글입니다. 참신한 형식도 중요하지만, 참신한 내용이 훨씬 더 중요합니다.

"시조는 서정시다"

5

시조와 서정은 별개의 문제

5.

시조와 서정은

별개의 문제

이런 말 들어보신 적 있으실 겁니다. 서정시가 아닌 시조는 시조가 아니지!(궁서체) 이는 시에도 해당하는 말이죠. 자, '서정'의 문제가 드디어 나타났습니다! 네 맞습니다. 여러분이 생각하는 그 '서정'. "여기 카페가 서정적인데?", "노랫말이 서정적이야"하고 말하는 그 '서정'. 맞습니다.

서정(抒情/敍情)의 사전적 정의는 "주로 예술 작품에서, 자기의 감정이나 정서를 그려 냄"입니다. 당연히 시에 있어서 '서정성'이 없으면 안 되겠죠. 그런데 이 '서정'이라는 개념은 무척 모호하고, '서정시'라는 말 자체도 문제가 많습니다. 이에 따라 저는 시대를 살피면서 문학 장르인 시라는 것에 대한 기존의 정의와 선입견

60

오늘부터 쓰시조 ──

을 하나씩 추적해 나가고자 합니다. 잘 따라오시길.

한국시를 정의하는 데 있어 가장 기본이자 '절대로' 흔들릴 수 없는 아니, 흔들리면 안 되는 '서정'이라는 개념은 매우 혼란합니다! 시 장르를 일컫는 '서정'과, 시의 하위 장르로서의 '서정시'가 혼용되고 있기 때문이죠.

가장 먼저 '서정'이라는 말을 추적하다 보면, 그리스철학의 아리스토텔레스를 만나게 됩니다. 바로 '서정', '서사', '극'이라는 〈문학 장르 3분법〉이죠. 그러나 3분법에서 말하는 '서정'은 서사적인 것, 극적인 것과 속성상 차이를 갖고 있을 뿐, 실체로 존재하는 것이 아닙니다! 그런데 우리는 시의 하위 장르로서 '서정시', '서사시', '극시' 등으로 나누고 이렇게 분류된 시가 있다고 믿습니다! 여기서부터 오해가 비롯되었죠. 속성을 장르로 착각하고, 한 작품을 서정시, 서사시, 극시 등으로 구분하려고 합니다.

자 그럼, 여기서 문제. 한국에 서사시가 있을까요, 없을까요? 극시가 있을까요, 없을까요? 학계에서는 김동환의 「국경의 밤」, 신동엽의 「금강」, 김지하의 「오적」 등을 대표적인 한국 서사시로 언급하기도 합니다. 그러면 극시는요? 저도 극시는 잘 모르겠습니다.

정답부터 말씀드리자면, 서정시, 서사시, 극시를 나누는 명확한 기준이 없으므로, 누구나 마음대로 '서정적인 시', '서사적인 시', '극적인 시'가 있다고 말할 수 있답니다! 물론 맞고 틀리고는 본인 책임이죠.

더욱이, 아리스토텔레스가 말하는 '서정시'가 아니라, 고대로

부터 17세기까지 문학 일반을 뜻하는 말이 '서정시'였습니다. 그런데 17세기 이후 '소설'(novel 또는 roman)이라는 새로운 장르가 생겨나면서, 소설과 다른 문학의 하위 양식인 '시'가 만들어졌습니다. 그러니까 문학 일반을 뜻하는 상위 양식의 '서정시'가 있었는데, 17세기 이후 문학의 하위 양식인 '시'가 등장하면서 혼란이 생긴 거죠. 이제 앞으로 절대로 헷갈리지 마시길.

물론, 시와 소설, 시와 에세이는 전혀 다른 장르라고 말할 수 있으나, 여기서 우리가 쉽게 동의할 수 있는 것은 '시=서정시'라는 등식입니다. 이에 따라 '서정(抒情, lyricism)'을 둘러싼 E. 슈타이거, W. 카이저, D. 람핑, 조동일, 김준오 등의 논의를 살펴봐야 하지만, 깊게 파고들어 가봤자, 이들의 논의는 결국 시와 '서정'을 일치시켜야 하는 순환 논리로 귀결될 뿐이니, 이하 생략.

그러나 '시=서정시'라는 등식은 특히 모더니즘 이후 현대시를 포괄하는 데 있어 한계를 보입니다. 시라는 장르에 있어 당위처럼 여겨졌던 '서정', '서정시'라는 개념이 이제는 새롭게 정의되어야 하는 시대적 요청에 맞닥뜨리게 된 것이죠.

왜냐하면 '서정시'라는 이데아 혹은 무의식이 그동안 우리 안에 강하게 자리 잡고 있었기 때문입니다. 대체로 '전통적인 방식'으로 써 내려간 작품을 서정시라 보고, 그와 반대항에 위치한 것을 '反서정시' 혹은 '(서정시가 아닌) 실험시'로 봅니다. 여기서 서정시 여부를 나누는 기준이 바로 '전통'인데, 권혁웅 평론가에 따르면 전통 서정시를 지탱하는 것은 "① 말의 질료성에 대한 배려. 율격을 위해 시인의 독자적인 발언을 희생하는 것. ② 중성화된 이미지에 대한 편향. 풍경을 그리기 위해서 주체의 개입을 가능한 한 차단하는 것. ③ 시적 관습에 대한 존중. 어슷비슷한 대상과 구문에서 가능한 한 일탈하지 않는 것"[1]인데, 이러한 전통 서정시가 아닌 작품은 이미 한국문학의 태동기에도 출현했었죠!

十三人의兒孩가道路로疾走하오.

(길은막달은골목이適當하오.)

第一의兒孩가무섭다고그리오.

第二의兒孩도무섭다고그리오.

第三의兒孩도무섭다고그리오.

第四의兒孩도무섭다고그리오.

第五의兒孩도무섭다고그리오.

第六의兒孩도무섭다고그리오.

第七의兒孩도무섭다고그리오.

第八의兒孩도무섭다고그리오.

第九의兒孩도무섭다고그리오.

第十의兒孩도무섭다고그리오.

第十一의兒孩가무섭다고그리오.

第十二의兒孩도무섭다고그리오.

第十三의兒孩도무섭다고그리오.

---

1 권혁웅, 『시론』, 문학동네, 2010, 135쪽.

63

十三人의兒孩는무서운兒孩와무서워하는 兒孩와그러케뿐이모였소.

(다른事情은업는것이차라리나앗소)

— 이상, 「오감도(烏瞰圖)―시 제1호」 전문(〈조선중앙일보〉, 1934. 7. 24.)

　　이태준의 소개로 발표된 이상의 연작 「오감도」는 신문에 발표
되자마자, 독자들의 투서가 빗발치면서 연재가 중단되었습니다.
소위 물의를 일으킨 것인데, 그는 기존의 시라는 개념을 전복하는
작품을 보여주면서 시가 무엇인지 재확인할 기회를 마련해 주었
습니다. 여기서 중요한 것은 '시'와 '시가 아닌 것'의 기준이었는데,
'시적인 것'과 '시적이지 않은 것'의 기준이 바로 '서정성'이었고, 이
상은 이 기준점 자체를 문제 삼았던 겁니다! 이후 한국의 현대시는
'전통-서정' 계열과 '현대-실험' 계열이 적당한 거리를 유지하면서,
서로를 타자로 인식해가며 현재에 이르기까지 문학사를 실천해갔
습니다.

서정이라는 근원 혹은 진리

　　그런데 말입니다. 2000년대 들어 한국 시단에 전무후무한 '사
건'이 일어납니다! '미래파' 혹은 '미래파 논쟁'이라고 부르는 사건이
바로 그것입니다! 권혁웅 평론가가 명명한 '이질과 혼종의 힘'을 가
진 '미래파'라 불리는 일군의 시인들 출현은 2000년대 이후 한국시
의 향방을 결정하였습니다. 그동안 확고부동했던 '서정'을 의심하

기 시작했습니다. 이 가운데 미래파의 반대쪽 계열인 전통-서정 계열은 미래파의 타자로서 자신의 정체성을 더욱 확고히 하면서 오히려 '조선 문단' 때보다 더 보수적인 전통(전통이라 쓰고 서정이라 읽는다)을 지키려고 애쓰게 되었습니다. 마치 이상의 「오감도」가 발표되었을 때처럼 말이죠.

2000년대 한국시 문단은 장석원, 황병승, 김민정, 김행숙, 김언, 이민하, 이장욱, 김경주, 조연호 등을 비롯한 미래파를 옹호하는 입장과, 전통적인 서정시를 옹호하는 입장으로 양분되면서, '서정/비서정', '동일성/비동일성', '주체/탈주체', '리얼리즘/환상'과 같은 대립쌍과 더불어 기성세대와 미래파 세대 간의 '세대론'으로 전개되었습니다. 이것이 바로 그 유명한 미래파 논쟁! 물론 권혁웅 평론가는 미래파를 동인(同人)의 개념으로 보지 않고 새로운 시인들의 새로운 문법과 수사에 주목한 것이었지만, 본의 아니게 문단 연령론과 문학 세대론으로 전개되면서 2005년부터 2008년까지 치열한 논쟁이 이어졌습니다.

이들의 시에는 난해한 어휘들, 생경한 언어들이 수시로, 수없이 출현했고, 시도 무척 길어졌습니다. 문장 호응이 맞지 않는, 비문도 등장했습니다. 그만큼 현실이 엉망이라는 것을 반영하고 있는 거겠죠!

여기서 문제의 가장 핵심은 주체의 동일성, 혹은 자아의 동일화(주체가 대상을 자기 논리로 환원)였습니다. 이는 서정시의 제1 원리처럼 여겨진 것이었습니다. 그러나 "문제는 1인칭이었고 그것의 전제주의"[2]라는 신형철 평론가의 지적처럼, 동일성의 주체를 내세우는 기존의 전통 서정시에 대한 반성은 곧, '서정'을 회귀해야 할 무엇, 되찾아야 할 무엇임을 스스로 인정하는 꼴이 되었습니다. 서정을 부인하다 보니, 서정이 '잃어버린 것'처럼 되어버린 거죠.

> '서정시'야말로 근원적 감각을 잃어버린 채 나날의 건조한 삶을 살고 있는 현대인에게 아직도 '원초적 통일성'을 회복할 수 있는 유력한 언어 형식이기 때문일 것이다. 여기서 서정시가 근원적으로 '원초적 통일성'을 회복하려 한다는 것은, 주체와 세계가 분리되어 있는 경험으로부터 그것의 통합적 국면을 꾀하고자 하는 성격이 '서정'에 본질적으로 내재한다는 것을 뜻한다.
> — 유성호, 「서정 논의의 동향과 쟁점」(『한국근대문학연구』, 2017, 246~247쪽.)

총체성이 무너진 현대, 아우라가 상실된 현대에서 서정이 '본질' 또는 '원초적 통일성'을 회복할 수 있는 유력한 언어 형식이라는 유성호 평론가의 지적에서 알 수 있듯이, 자본주의와 첨단 과학의 발달로 점철된 이 세계에서 주체는 세계와 불화하거나 세계로부터 소외받을 수밖에 없으나, (시인들은) 그 구원의 가능성을 서정에서 찾고자 했습니다. 이제, 첨단 기계 문명 속에서 인간 스스로 자기 존립의 근거, 자기의 존재성을 찾으려는 노력에서 서정은 하나의 중요한 역할을 감당해내야 했습니다. 실존적 위기, 인간관계의 상

---

2 신형철, 「2000년대 한국시의 세 흐름」, 『현대문학』, 2015년 1월호, 395쪽.

오늘부터 쓰시조 ───

실과 같은 현시대의 문제 앞에서 서정의 가치가 더욱 돌올해진 거죠. 아름다움이 사라진 세계에서 아름다움을 찾는 것처럼 말입니다. 이제 서정은 근원, 진리, 이데아가 되었습니다! 이것이 바로 기존의 서정에 대한 일반적인 통념일 것입니다.

그렇다면, 기존의 서정이라는 개념 중 가장 크게 문제 되는 부분은 무엇일까요?

"주체와 대상의 서정적 혼융"(슈타이거)
"자아의 독립적인 표현"(카이저)
"세계의 자아화"(조동일)
"자아와 세계의 동일성"(김준오)

이상의 그 유명한 서정시 정의에서 알 수 있듯이, 주체와 대상과의 관계가 서정시의 가장 기본이 되는 전제였습니다. 대체로 논자들은 주체와 대상과의 관계, 특히 주체와 대상의 동일성에서 서정시의 핵심을 찾는데, 이제 이 동일성 자체가 비판의 대상이 되었습니다.

미래파 논쟁 이후 '현대-실험' 계열에서 가장 문제 삼는 것은 '서정의 권위'였습니다. 데리다, 라캉, 푸코 등의 후기구조주의자들에 의해 근대적 주체, 동일성의 주체를 비판하면서 차이와 타자의 문제가 급부상하면서, 문학의 영역에서도 동일자의 원리로 환원하는 문제에 다양한 비판이 가해지기 시작한 거죠. 그동안 시인은 대상을 자기 마음대로 판단하고 그려냈지만, 그것이 윤리적이지 않다는 것을 문제 삼기 시작한 겁니다.

이제, 은유가 사물의 차이, 나와 대상의 차이를 폭력적으로 동일화한다는 '서정의 권위'를 내려놓아야 한다는 비판을 적극 옹호한 2000년대 '미래파적' 현대시 이후, '화자=자아=시인'이라는 등식역시 해체되었습니다!

서정시가 아닌 시는 없다!

시는 더 이상 1인칭 독백의 장르가 아닙니다!(궁서체) 이 말에 동의하지 않을 시인이 많을 것이며, 일반적으로 대부분의 일반 사람(시인이 아닌 사람)은 1인칭 독백의 장르로 시를 생각할 것입니다. 그러나 단호하게 No! 그동안 시에서 말하는 자를 '화자(자아)'라고 말하면서 곧 화자를 시인으로 보았으나, 시인과 화자는 같지 않을뿐더러, 현대시에서 시인은 한 시집에서, 하나의 시에서 다양한 화자를 가지고 놉니다. 다시 말해 시인은 꼭두각시 인형을 조종하듯 화자를 조종하는 것이며, 연극의 배역을 쓰듯 시인은 다양한 인물에 캐릭터를 부여하고 사건 사고를 일으키게 하며 말을 하게하는 거죠. 즉, 시에서 말하는 사람은 시인이 아니라 가상의 인물입니다!

더 나아가 시인은 이제 가면을 쓰듯 타인이 되어보는 것을 넘어, 타인으로 살아보면서 타인만이 느낄 수 있는 감정과 정서에 깊이 가두려 합니다. 그동안 동일화의 원리로 타자 혹은 대상을 마음대로 해석하고 판단했다면, 이제 시인은 노동자, 여성, 미성년자, 퀴어 등 다양한 계급, 성별, 성적 지향을 지닌 사람이 될 수 있습니다. 현실을 강력하게 비판하면서 동시에 스스로 '약자' 되는 것에 머뭇거리지 않습니다. 이제 시는 시인이 끌고 가는 것이 아니라, 시에서 말하는 사람, 목소리를 내는 사람(시적 주체)이 시를 끌고 가게 되었습니다. '서정의 권위'를 내려놓은 것이죠.

자 여기서부터 시조의 문제가 불거집니다! 시조를 1인칭 독백의 장르로 보고 그래서 동일성의 원리로 세계와 사물을 바라보며 품평하고 이해하는 태도는 (정말) 위험합니다! 자신의 시선이 옳은지 옳지 않은지를 떠나서, 시조라는 문학 장르를 계속 폭력적인 장르로 만들기 때문에 위험합니다. 서정의 권위를 계속 붙잡고 있으면서, 세계와 사물에 무소불위의 권력을 행사하는 겁니다. 내가 본 세상은 이렇고, 내가 생각하는 너는 그렇지, 하고 말입니다.

여기에 덧붙여서, 다른 사람이 되어서, 다른 사람의 입장이 되어서 다른 사람의 삶을 잠깐이라도 살아봐야 하지 않을까요. '역지사지'라는 말은, 문학에도, 시조에도 적용됩니다. 다른 사람의 감정을 이해하려고 애쓰기보다는, 아예 다른 사람이 되어보는 것. 그래서 내가 피부로 다른 사람의 감정과 상황을 체감하는 것. 이것이야말로 문학의 윤리가 아닐까요. 문학이 아름다운 이유는 바로 여기에 있습니다. 문학은 이타적이기 때문입니다!

더욱이 '서정시'라는 개념도 불분명합니다. 서정시가 아닌 시도 있다는 말인가요? 우리가 살아가고 있는 현대사회의 여러 문제를 제기하거나, 실험적이거나, 이상한 말(은어, 비속어, 유행어 등)을 한다고 해서, 서정적이지 않다고 말할 수 있을까요?

빠루

김강호

여전사손에들린빠루가소리친다
니들 다 뽑아낼 테니
똑 - 빠루 해
똑 - 빠루

뒤틀려 주저앉을 듯
이전투구에
눈먼 집

한 시인이 몇 년 전 정치권에서 한동안 이슈되었던 '빠루'를 시적 소재 삼아 작품을 썼습니다. 정치권을 풍자하고자 하는 의도를 읽어낼 수 있습니다. 그렇다면 이 작품은 서정이 있다고 말할 수 있을까요? 또는 서정시가 아니라고 말할 수 있을까요?

앞서 말씀드렸다시피, 모든 시는 서정시입니다. 다만, 서정성이라고 우리가 말하는 그런 것의 함유량이 많고 적을 수는 있겠습

오늘부터 쓰시조 ──

니다. 아무리 이상하고 실험적이며 감정이 정말 0.001%도 들어 있지 않다고 해도, 그것 역시 서정시입니다. '서정(抒情)'이라는 말 그대로 인간의 마음을 언어로 풀어냈기 때문이죠. 로봇(AI)도 시를 서정적으로 쓸 수 있는데 말입니다.

서정과 서정이 아닌 것의 구별은 무의미합니다. 그런데도 서정을 고집하는 것은, 자신의 마음과 감정이 그 누구보다, 그 무엇보다 중요하다는 것을 고집하는 것과 다름없습니다. 이기적인 사람이죠.

"시조는 도덕적이어야 한다"

6

시조는 도덕이 아니라 작품이다

6.

시조는 도덕이 아니라 | 작품이다

시조는 '도덕적(윤리적)'이어야 한다. 문학은 도덕적(윤리적) 이어야 하고 교훈(가르침)이 있어야 한다!(또 궁서체) 이 역시 시에 도 해당하는 말입니다. 과연 그럴까요? 짐작하셨겠지만, 저는, 당 연히, 아니올시다!

일반적으로 사람들은 문학작품을 통해 무언가를 얻으려고(배 우려고) 합니다. 이것이 바로 교과서로만 문학작품을 접했던 한국 문학 교육의 폐해죠! 사람이 살아가는 데 필요한 지식과 기술을 가 르치고 배운다는 교육의 사전적 정의처럼, 문학작품은 사람이 살 아가는 데 필요한 지식(교훈)이 있어야 하고 기술이 되어야 한다는 겁니다. 즉 문학은 무언가 '효용(쓸모)'이 있어야 한다는 말이죠!

본격적으로 시조의 윤리를 이야기하기 전에 지난 장을 떠올려 봅시다. 우리는 이제 시가 더 이상 1인칭 독백의 장르가 아니며, 시인은 시 안에서 목소리를 내는 사람(시적 주체)이 아니라는 것을 압니다. 시에서 말하는 사람을 그동안 '화자' 또는 '자아' 등으로 말해왔는데, 이들은 시인이 아닙니다! 이제 '화자=시인'을 잊으시고, '화자≠시인'을 기억해주세요!

따라서 윤리의 문제는 간단해집니다. 시가 윤리적일 필요가 없습니다! 시인이 윤리적이어야 하는지는 다른 문제입니다! 시가 윤리적이지 않다고 해서 시인을 문제 삼을 수 없다는 말이죠. '화자≠시인'이니까요. 시에 쌍스럽고 거친 말들이 남발하고, 윤리적으로 옳지 않은 문장들이 보이면, 그 시를 그냥 보지 않으면 그만입니다. 그것이 시인지, 미학과 가치가 있는지는 우리가 따져볼 문제가 아니라는 거죠! 싫으면 그냥 pass. 시인의 윤리 문제는 상식과 도덕이 통용되고 합의된 사회적 공론의 장에서 따져 물으면 될 것입니다. 시에서 시인의 윤리를 '굳이' 찾을 필요가 없습니다!

여기서 문제는 바로 이것입니다! 시조와 시인을 같은 선상에 두고, 시인이 시조를 윤리적 혹은 공리적으로 만들려는 것이 문제입니다! 작품에 고결한 정신 혹은 (매우) 윤리적인 삶의 자세가 드러나는 것은 문제가 아니지만, 시조를 매개로 시인이 그것을 이루려는 것은 정말 심각한 문제입니다. 한국에서 삶의 도(道)를 깨우치고 수양하는 전통적인 '문(文)'의 개념에서 '문학(literature)'의 개념으로 넘어온 지 100년이 지났지만, 여전히 시조를 정서의 영역보다는 윤리의 영역에 더 가치를 두려는 모습은 과연 옳을까요? 쉽게 말해, 자신의 이상향 혹은 자신의 윤리적 이상을 작품으로 보여준다는 것은 문제가 됩니다!

왜냐고요? 예술은 작가의 윤리를 보여주는 수단이 아니기 때문입니다! 예술은 그 자체로 예술이 되어야 합니다. 물론, 글을 쓰면 쓸수록 사람은 인격적으로 '완성'되어 가긴 합니다. 저는 그렇게 믿고 있습니다. 그러나 글을 쓰면서 인격이 갖춰지는 것과 그것을 글로 보여주는 것은 완전히 다른 문제입니다. 쉽게 말하면, 유단자는 쉽게 폭력을 쓰지 않습니다. '양아치'나 주먹을 바로 뻗죠.

우리는 종종 '매우' 교훈적이고 바른 윤리를 보여주는 작품을 봅니다. 그리고 우리는 생각합니다. 이 작품을 쓴 사람은 매우 윤리적이구나! 이것이 바로 작가가 노리는 것이죠! 걸려들었습니다! 이는 앞서 말씀드린 것과 정반대로 작가가 '화자=시인'의 등식이 유지되도록 강요하면서 자신의 윤리적 우월감을 보여주는 것에 불과합니다. 나 이런 윤리적인 사람이야, 하고 말입니다. 설령 그 작가가 정말 윤리적으로 흠결이 없는, 매우 바른 사람이라고 해도 작품에 '잘난 체'를 보여주는 것은 옳지 않습니다!

그리고, 또 하나의 문제. 바로 '머니머니해도 머니(money)'! 플라톤의 '시인추방론'을 생각해봅시다. 플라톤에 따르면, 시의 모방은 진리와 무관하며, 중요한 것은 폴리스(도시)에 적합한 시민으로서 양육되고 길러지는 '사회적 유용성'이었습니다. 그래서 시인은 폴리스에 필요 없으니 추방해야 한다는 것인데, 이는 문학작품 또한 사회적으로 규정한 유용성(쓸모=돈)이 '반드시' 있어야 한다는 뜻이기도 합니다. 그러나 슬프게도 지금 우리 한국은 플라톤의 시인추방론이 그대로 적용되는 세상입니다. 돈이 되지 않으면 쓰지 말아야지, 돈이 되는 일이 아니면 하지 말아야지, 하고 말입니다. 국문과에 갓 입학한 대학교 신입생 시절, 한 선배가 제게 해준 말이 있습니다. "국문과는 굶는 과야. 돈 벌려면 여길 오지 말았어야지. 그냥 술이나 마셔!"

시인의 윤리가 아니라 시의 윤리를 따질 것

따라서 우리가 말할 수 있는 것은 '시인이 윤리적이다'가 아니라 '시가 윤리적이다' 또는 '시가 윤리적이지 않다'만 말할 수 있습니다. 물론 시인의 사회적으로 지탄받을 일을 했다면 당연히 손가락질을 할 수 있죠. 그러나 시만 가지고 말할 때는 시인의 윤리는 잠시 접어두어야 한다는 겁니다.

대체로 시는 메시지 혹은 주제를 먼저 고르고 거기에 맞는 대상을 취사선택하는 방식으로만 쓰이지 않습니다. 오히려 시적 대상에 대한 진술이 먼저 발생하고, 그 말들이 모여 한 편의 시를 이루는 경우가 훨씬 더 많죠. 그러므로 우리가 살펴볼 수 있는 '윤리의 문제'는 대상에 대한 진술입니다. 이 진술 방식이 어떻게 이뤄지고 있는지를 통해 윤리 문제를 따져볼 수 있는데, 대략 시가 취하는 진술 방식은 다음의 세 가지로 나눌 수 있습니다.

첫째, 동일성(나와 너)의 문제

둘째, 자연 예찬의 문제

셋째, 현실 비판의 문제

첫째, 동일성의 문제. 지난 장에서 서정의 문제와 함께 동일성
의 문제를 살펴봤으니, 간단하게 살펴보고 후딱 넘어갑시다. 아주
쉽게 동일성의 가장 큰 문제를 설명하면, 타인을 내 멋대로 해석한
다는 점인데, 타인을 내 마음대로 해석하고 판단하는 것은 폭력이
라고 말씀드렸죠! 시에서 가장 많이 등장하는 동일성 문제 중 대표
적인 사례 하나만 꼽자면, 헐벗고 고통받는 사람을 예찬하고 아름
답게 미화시키는 일입니다! 노숙자, (폐지 줍는) 노인, 외국 이주 노
동자, 결혼 이주 여성, 고시생, 젊은 세대 등 그들의 삶에서 고통은
매우 구체적인 문제입니다. 그러나 시에서 그들의 척박한 현실을
따뜻하게 품을 줄 알고, 잘못된 현실을 고발할 줄 안다는 식의 시선
을 유지하면서, 마지막에는 '그래도 해는 뜬다', '그래도 봄은 온다'
는 식으로 아주 쉽게 그들의 뼈아픈 현실과 처절한 고통을 기화시
켜버리는 일은 매우 옳지 않습니다!

어설픈 동정심은 죄악에 가깝다고 생각합니다. 그들을 연민하
는 시선에는 이미 자신이 그들보다 나은 환경에 있다는 것을 인정
하는 것이면서, 동시에 그들을 연민할 줄 안다는 윤리적 우월감을
은근히 자랑하는 것이니까요. 시선은 그 자체로 권력이므로, 시의

오늘부터 쓰시조

소재로 그들의 고통을 (아주 쉽게) 소비하는 것이 문제라는 겁니다. 물론 그들의 아픈 현실에 공감하고 문제의식을 갖는 것은 매우 중요합니다. 만약 정말로 그들을 품고 싶다면, 함께 아파하는 시가 되어야겠죠. 부디 손쉽게 희망이 이야기되진 않기를.

둘째, 자연 예찬의 문제. 이른바 음풍농월(吟風弄月)이나, 자연 순리에 대한 예찬을 예로 들 수 있습니다. 특히 시조가 고색창연하다고, 젊은 사람이 하는 예술이 아니라고 지적하는 부분이 바로 이 부분입니다! 그러나 자연은 끝내 이름 붙일 수 없고, 필멸자인 우리가 전혀 알 수 없는 신성함의 자리, 즉 '숭고(sublime)'를 경험하게 되는 우리 인식 바깥의 세계이기도 합니다. 그러므로 자연의 절대성, 신의 자리, 신성함을 너무 쉽게 예찬하는 것은 그만큼 사유가 게으르다는 뜻이기도 하며, 또한 그것을 쉽게 말하는 것은 동일자로 환원시키려는 폭력에 의한 것일 수도 있습니다. 더욱이 자칫 잘못하면 현실과 동떨어진 비현실적인 세계만을 추구한다는 비판 또한 면하기 어렵죠.

셋째, 현실 비판의 문제. 일반적으로 시조시인들은 시조(時調)라는 명칭이 '시절가조(時節歌調)'의 준말임을 알고, 시조가 어떤 장르보다 현실과 밀접한 관계를 맺은 것으로 보고 있습니다. 그러나 '시절가조'라는 말은 조선 영조 때 이세춘이라는 가객이 단가에 곡조를 붙여 부른 일종의 '유행가'라는 말에서 유래한 것인데, 현재 시조시인들은 그 말을 '현실비판'의 의미로 받아들이고(착각하고) 있습니다! 이에 따라 사회 현실에 대한 예민한 반응과 비판의식을 자유시와의 변별 지점으로서 시조의 '임무' 혹은 '역할'로 보기도 하지만, 그것은 오히려 시조 자체에 대한 천착보다는, 자유시와 따로 구별하려는 차이의 강조에 지나지 않습니다. 오히려, 열등감만 보여주는 거죠.

그리고 우리가 실제로 현실과 정치에 '참여(engagement)'하고 있다고 생각하는 참여-예술 혹은 현실 참여적인 경향을 갖고 있는 작품들을 생각해보면, 그것은 이미 질서 지어지고 위계화되어 있는 하나의 '선택지'를 선택하는 것에 지나지 않습니다. 특정한 이데올로기, 보수 혹은 진보 계열을 공격하거나 옹호하는 것은 사회 현실 안에 존재하는 다양한 관점 중 채택된 하나의 관점에 불과합니다. 그것을 우리는 예술 혹은 미학에 복무하는 문학작품이라고 말할 수 있을까요?

산불―산불피해 뉴스를 보고

화마로 인한 피해 수백 명의 아픔
대피소의 불편함 너는 아는가!
만백성 같이 울어서 흘러내린 피눈물

재난지역 국가 경제로 복구한다지만
이재민들 어려움과 그 아픔이 풀어질까!
불바람 마음에 아픔 심어주는 슬픈 것들

인용시를 오랫동안 노려보면, 시 뒤에 숨어 있는 시인을 발견할 수 있습니다. 시인은 숨어 있어야 하고, '시적 주체'가 목소리를 들려줘야 하는데, 시인의 목소리가 날것으로 들립니다. 의도한 것입니다! 시인은 산불로 인해 고통받는 이재민들의 아픔을 볼 줄 안다는 것! 나 이런 아픔을 동감(동정)할 줄 아는 사람이야, 나 시대를 제대로 볼 줄 아는 눈을 가진 사람이야, 하고 말입니다. 과연 이런 글을 예술에 복무하는 문학작품이라고 말할 수 있을까요?

문학작품이 치열하게 현실에 응전해야 하는 것은 맞지만, 그것은 미학적 성취도의 문제로부터 출발합니다. 쉽게 말해, 시의 현실 참여는 곧 미학(문학성)으로 드러납니다! 현실을 날카롭게 비판하는 것과 미학의 문제는 별개이기 때문입니다. 왜냐하면, 문학은 예술이지, 정치 사회적인 그 무엇이 아니니까요. 그리고 현실 비판에는 동일자의 원리(잘난 체)도 숨어 있습니다. 난 현실을 똑바로 볼 수 있는 사람이야, 하고 자랑하는 것은 시가 아닙니다.

그 유명한, 김수영 시인의 시론 「시여, 침을 뱉어라」 중 정말 많이 회자하는 구절이 하나 있습니다.

"시는 문화를 염두에 두지 않고, 민족을 염두에 두지 않고, 인류를 염두에 두지 않는다. 그러면서도 그것은 문화와 민족과 인류에 공헌하고 평화에 공헌한다."

시의 정치성 혹은 시의 현실 참여는 반드시 미학과 결부되어 있습니다. 따라서 우리가, 시인이 추구해야 할 것은 미학입니다. 여기서 미학(아름다움)이 무엇인지를 고민하는 것, 그것이 우리가 시를 감상하면서 해야 할 일이고, 시를 쓰면서 시인이 해야 할 일입니다. 독자와 시인 모두 부지런해야 합니다.

그럼, 시조의 윤리는 무엇인가?

시와 시조에 대해 윤리를 묻는 것은 시인의 윤리를 가늠하는 일과는 다른 차원의 문제라는 것은 이제 당신이 이해하셨을 것 같습니다. 물론 동시대의 여러 문제에 대해 관심을 갖고 그 문제에 관해 사유하는 것은 시인의 삶에도 중요한 것입니다. 다만, 시인의 윤리가 곧바로 시의 윤리가 될 수는 없습니다. 그렇다면, 문학작품 중 특히 시조의 윤리는 어디에서 발생할까요?

비로소 시조라는 특수성, 시조에만 존재하는 '정형성'을 언급할 때가 왔습니다! 결론부터 말하자면, 시조의 정형성을 지키는 것과 그것에게서 벗어나려는 욕망과의 긴장, 그 긴장 자체가 곧바로 시조의 힘이자, 시조의 윤리라고 말할 수 있습니다! 그러나 시조의 '시조다움'이 점점 흐려지고 있습니다. 이는 개별 창작자들의 의식 문제이기도 하지만, 더 정확히 말하면 시대의 문제이기도 합니다. 이 시대가 '시조다움'을 용납하지 않기 때문입니다.

이 시대에 좀 더 어울린다고 생각하는 자유시는 '몽타주'의 방식으로 시대의 모습과 징후들을 단편적으로 보여줍니다. 장면과

오늘부터 쓰시조 ──────

장면의 중첩과 충돌에서 특별한 사건이 발생하고 특이한 목소리가 출현합니다. 하나의 대상을 보고 언술이 발생하는 것이 아니라, 여러 언술이 하나의 대상이라고 간주하는 모자이크 조각을 하나씩 하나씩 맞춰가고 있는 것이 현대문학이고 현대의 시대정신입니다.

이에 반해, 시조는 마치 20세기 김동인의 단편소설처럼 하나의 단면을 보여줌으로써 전체를 환기시키려고 합니다. 예컨대, 김동인은 인생의 작은 단면이자 하나의 사건인 '감자'를 둘러싼 복녀의 투쟁을 통해 인간 본질의 문제를 다룹니다. 이처럼 시조는 각 음보와 각 장과 각 구처럼, 부분의 합이 전체라고 생각하는 믿음이 여전히 존재합니다. 짧은 시행으로 이 세계 전체를, 우리 삶의 문제를 다루고자 하는 거죠. 쌀 한 톨에 우주가 담겨 있다는 말처럼 말입니다.

따라서 시조가 정형이라는 '오래된' 형식을 통해 '새로운' 세계를 보여주고 있는지, 이 세계를 잘 담고 있는지가 곧 시조의 윤리가 됩니다. 시조가 자유시의 윤리와 비슷한 면모를 보이지만, 다른 점은, 그래서 시조인 것은, 바로 이 지점입니다! 정형이라는 긴장을 끝내 놓지 않는 것. 그럼에도 불구하고 새로운 세계를 만들어 낼 수 있는지에 대한 가능성. 시대는 정형을 용납하지 않지만, 시조시인은 정형 안에서 항상 새롭게, 치열하게 싸워야 합니다.

그동안 우리는 시대와 욕망의 리듬을 좇아가기 위해 바빴고, 이제 지쳤습니다. 이제부터 시조는 시대의 새로운 리듬을 만들고 보여줘야 합니다.

"시조는 시조스러워야 한다"

7

시조스러운 것은 이 세상에 없다

7.
시조스러운 것은 | 이 세상에 없다

모든 예술 장르가 그렇지만, 특히 시조의 경우, '한국 고유의 전통 서정시'라는 엄청난 지위 때문에 특정한 '~다움'을 강하게 요구받습니다. 즉, 시조는 시조스러워야 한다는 것이죠! 다른 장르(특히 자유시)와 구별되고 차별화될 수 있는 그 '무엇' 말입니다. 물론 시조의 경우 '3장 6구 4마디 초중종장 연속체'라는 특이한 리듬을 갖고 있지만, 항상 이보다 더 많은 것을 요구받습니다. 조금만 발을 헛디뎌도 바로 자유시의 영역에 가버리기 때문입니다.

따라서 시조는 그 어떤 문학 장르보다도 스스로 얽매이고 제약을 걸어놓을 수밖에 없습니다. 문제는, 시조가 자기 자신의 존재론을 확보하기 위해 예술성 혹은 작품성보다는 '전통'에 매달리게

오늘부터 쓰시조 ──

되면서, 소위 '전통적인 것'이라는 속성을 '시조다움'으로 여기게 되었다는 것이죠. 여기서부터 시조의 어조(어투), 소재, 주제 등 모든 문제가 발생합니다!

가장 먼저 시조의 어조부터 생각해봅시다. 어조는 시적 주체의 목소리로, 대상을 대하는 시적 주체의 태도나 분위기에 따라 달라집니다. 시는 물론이거니와 시조의 어조 역시 다양해야 하지만, 많은 시조시인들은 시조만의 특별한 어조가 있다고 믿습니다. 그것은 바로 관조와 비판!

관조는 대상과 자연을 보다 중립적으로 바라보는 태도이고, 비판은 현실의 옳고 그름을 지적하는 태도라 할 수 있는데, 관조는 고시조의 전통에서 비롯된 것이고, 비판은 자유시와 차별점을 두기 위한 것입니다.

자연의 변화와 그에 따른 인간의 마음을 표현하고 재현하는 것은 대부분의 예술 장르가 하는 일입니다. 그러나 시조는 특이하게도 인간 마음을 그대로 드러내는 것보다, 자연의 한 장면을 보여주면서 상징적으로 마음을 처리하는 것에 몰두합니다. 짧은 시형식이라는 큰 이유도 있지만, 무엇보다 시조의 '시조다움'을 관조라고 스스로 정의했기 때문입니다. 그것은 고시조의 음풍농월(吟風弄月, 바람을 읊고 달을 보며 시를 짓는다)의 전통에서 비롯된 것인데, 앞선 장에서 말씀드렸다시피 자연은 쉽게 쓸 수 있는 문제가 아닙니다!

또한 방만하게 분량이 늘어나는 동시에 자의식 과잉, 히키코

모리(자폐)의 성격이 강한 최근의 자유시와 변별점을 갖기 위해, 시조는 자유시와 다르게 적극적으로 현실을 비판한다는 것 역시 쉽게 말할 수 있는 문제가 아닙니다. 특히, 조선 후기 사설시조처럼 현대사설시조는 현실을 비판하고 인간의 욕망(특히 우리가 좋아하는 19금)을 그대로 보여줘야 한다는 이상한 '사설시조-다움'이 존재합니다. 시든 시조든 어떤 문학, 예술 장르든 간에 현실을 비판할 수 있고, 직접적으로 현실을 비판하지 않는다고 해도 이미 미학적으로 현실에 참여하고 있으니, 꼭 시조가 현실을 비판해야 할 필요는 없습니다!

이것은 어쩌면, 자유시가 개인의 마음에 집중하니, 시조는 그것에 더 나아가 현실을 비판하는 '참 문학'임을 강조하는 것인데, 이는 오히려 자유시에 대한 열등감을 시조 스스로 고백하는 꼴이 됩니다. 여기서 중요한 것은 현실 비판 여부는 각 장르가 알아서 할 문제이지, 현실 비판을 해야 모범적인 '참' 예술 장르가 되는 것은 아닙니다!

아름다운 노래가 되거나 새로운 발견이거나

우리는 흔히 '시적인 소재'가 있고, 그것으로부터 '시상(詩想)'이 떠올라 시인이 시를 쓴다고 생각합니다. 시적인 것이 따로 있다고 생각하는 거죠. 아주 흔한 오해입니다. 그래서 시를 이제 막 배우고 있는 습작생에게 시를 써오라고 주문하면, 아마 다음의 소재

오늘부터 쓰시조 ──

중 하나를 반드시 써올 것입니다! 이를 합평회에서는 해감하는 과정이라고 부르죠! 다 뱉어내야 좋은 시를 쓸 수 있다는 겁니다.

새벽, 낙엽, 달빛, 눈물, 이별, 해 질 녘, 비, 우듬지, 바다, 세월, 죽음, 목련, 벚꽃, 그늘, 우산, 음악, 바람, 낙화, 사랑, 물안개, 의자, 어머니, 아버지, 밤하늘, 별, 가로등, 손톱, 구두, 종교, 반려견 등등…

대체로 우리는 시를 쓰려면 어떤 '특정한' 사물이나 사건을 보고 써야 한다고 생각합니다. 그것이 '특별한 감정'을 불러일으킨다고 생각하는 거죠. 그러나 여기서부터 프로와 아마추어, 일류와 삼류의 차이가 발생합니다! 프로 또는 일류 시인은 일상의 예사로운 것들에서 특이하고 낯선 감정을 발견하고 가져옵니다. 모든 사람이 보는 것, 겪는 것에서 새로운 감정을 가져오는 것이 바로 프로! 아마추어나 삼류는 처음부터 특이하고 낯선 것부터 찾으려 하지만, 그게 과연 찾아질까요… 결국 '이거 시적인데!' 하고 모든 사람이 생각할 수 있는 것을 쓰는 게 바로 아마추어. 문제는 모든 사람이 다 같은 생각을 하고 있다는 것이죠!

지금은 고인이 되신 황현산 평론가의 대학원 강의를 예전에 수강한 적이 있습니다. 기욤 아폴리네르의 시를 함께 읽었는데, 그때 선생님께서 강의 중에 다음과 같은 말씀을 하셨습니다. 늘 제 마음에 새겨 있는 문장이기도 합니다.

"시는 아름다운 노래가 되거나 새로운 발견, 이 둘 중 하나면 좋은 시가 됩니다."

그렇습니다. 시는 아름다운 노래가 되거나, 아무도 생각하지 못한 것, 아무도 보지 못한 것을 보여주면 좋은 시가 됩니다. 이보다 더 정확한 '좋은 시' 정의가 있을까요. 아름다움의 문제는 결국 미학의 문제일 것이고, 새로운 발견이 바로 조금 전에 언급한 프로의 자세입니다! '같은 태양 아래 새로운 것은 없다'는 말도 있는데, 새로운 발견이 얼마나 어렵겠습니까. 어떤 특정한 사물과 사건으로 시를 쓴다고 해도, 대부분의 사물과 사건은 다른 시인들이 이미 다 썼습니다!

다시 말해, 특정한 사물과 사건에 목숨 걸지 말고, 자기만의 일상에서 자기만의 감정을 끌고 와야 합니다. 그것이 자기만의 고유성이자 유일한 것이죠. '가장 특수한 것이 가장 보편적이다'라는 말이 있습니다. 아름다운 노래를 쓸 자신이 없다면 자기의 고유성을 써야 합니다. 물론 이것도 정말 쉽지 않겠지만요. 따라서 다음과 같이 단언할 수 있습니다. 시는 일상에서부터 옵니다! 모두가 쉽게 지나치는 일상을 유심히 들여다볼 줄 모르는 사람은 시인이 되기 어렵습니다!

자, 여기서 시조의 문제가 등장합니다! 시조는 정형시라는 속성을 갖고 있으므로, 그 어떤 문학 장르보다 노래가 되기 쉽습니다! 일정한 질서는 박자가 되니까요! 현대시조가 음악 장르였던 시조창을 연원으로 두고 있다는 점도 잊지 마시길. 감히 말씀드리겠습니다! 시조는 그 어떤 문학 장르보다 아름다운 노래가 되기 쉽습니다! 물론 아름다움을 어떻게 정의하느냐에 따라, 노래를 어떻게 정의하느냐에 따라 논의가 복잡해지겠지만요.

그런데 말입니다. 시조가 이렇게 좋은 조건을 이미 갖고 있음에도 불구하고, 수많은 시조시인들은 아름다운 노래를 만드는 일보다, 새로운 발견보다, '한국 고유의 정형시'라는 타이틀과 권위를 지키는 것에만 몰두하고 있습니다! 시조는 이러이러해야 해, 시조는 이런 것을 써야 어울려, 하면서 '시조다움'을 내세웁니다. 그래서 '시조다움'이 뭡니까 하고 시조시인들에게 끈질기게 물으면, 긴 수염과 도포 자락을 쓸어내리며 이렇게 대답하십니다.

"시조는 한국 고유의 것을 써야 시조지! 아름다운 한국어를 지키는 일이기도 하고! 시조는 한국인의 정신이자 민족의 얼이야!"

아름다운 노래가 되거나 새로운 발견을 하라니까, 갑자기 웬 한국인의 정신? 민족의 얼? 그러면 시조 쓰는 사람은 한국인의 정신을 지키는 애국자이고, 자유시나 소설을 쓰는 사람은 한국인의 정신을 지키는 데 소홀한 사람인가요? 그러나 정말 죄송할 말씀이지만, 미학 없고 예술성 없는 작품으로는 오히려 한국 고유의 무언가를 지키는 것이 아니라 망가뜨리고 욕보이는 일에 불과합니다.

한국적인 것, 전통적인 것을 관조하는 작품은 지금 시대의 작품이 아닙니다. 고시조를 써놓고 현대시조를 썼다고 착각하는 시조시인들이 여전히 많습니다. 한국인의 정신이 무너졌다고, 민족 정신이 흐려졌다고 현실을 비판하는 것 역시 미학과 예술성을 획득하는 데 아무런 도움이 되지 않습니다! 부디 현실을 제대로 볼 줄 아는 사람인 척, 잘난 척을 작품으로 하지 말았으면 합니다. 예술은 예술에 대한 고민'만' 들어가 있어야 합니다.

예술작품은 이것이 어떻게 예술이 되는지에 대한 치열한 고민 끝에 나온 과정이자 결과물입니다. 시조 역시 마찬가지. 이것이 어떻게 시조가 되고 예술이 되는지 치열하게 고민해야 합니다.

시조스러움 너머, 시조의 끝까지

종종 문학 잡지나 지하철 스크린 도어에 적혀 있는 시조를 보다 보면, '시조스러움'이 너무 잘 보여서 개탄할 때가 있습니다. 문학이라는 장르에 대한, 리듬에 대한, 삶에 대한 성찰이 단 0.001%도 없어 보이는 작품. 그런데 또 3장 6구 초-중-종장을 다 지켰으니, 일단 시조라고 인정'은' 해야 하죠. 물론 이러한 비판은 저 자신에게도 적용되니, 이 꽉 깨물고 시조를 써야겠습니다.

가을밤은 깊어가고

머언 먼 그리움을 나룻배에 실어놓고

건너지 못하는 강 먼 곳만 바라보며
가슴에 애틋한 슬픔 먹먹하게 들이킨다

누가 놓은 길이기에 징검돌도 없는 밤을
새가 된 마음으로 너의 창에 얼비칠까
앞 냇물 흐르는 소리 저녁 한 폭 펼친다

가을이면 으레 떠올릴 수 있는 소재들이 다 나왔습니다!'가을 종합세트'죠! 박물관이나 관광지에서 볼 수 있는 나룻배가 등장합니다. 집 앞에 냇물이 흐르는 곳에 살고 계신 분이 얼마나 계실는지 모르겠습니다만, 저는 이러한 가을의 "애틋한 슬픔"에 동의하기 어렵습니다. 시조스러울 따름입니다.

저는 주변의 지인으로부터 제 작품에 대한 평가를 가끔 듣는데, 시조 같지 않아서 좋다는 말을 들을 때가 가장 뿌듯하고 기분이 좋습니다! 슬프게도, '시조 같다'는 말이 욕 같다는 생각이 들 때가 있습니다. 그러나 저는 시조의 초중종장의 리듬부터 언어의 강세, 요즘 시조시인들이 잘 안 지키는 6구까지 철저히 지킵니다. 누가 봐도 형식은 시조인데, 내용이 시조스럽지 않다는 말이죠. 즉, 시조스런 내용이 있다는 말입니다! 이는 앞서 말한 한국 고유의 것, 전통, 민족, 정신, 도덕 등이 바로 '시조스런 내용'인데, 이것이 과연 전통과 예술에 얼마나 기여할지 의문입니다. 폐 안 끼치면 정말 다행이죠.

'시조스러움'. 이것에 집착하는 게 문제입니다. 시조스러움을 강제하여 시조 자신의 존재론으로 삼는다면 시조는 곧 박물관 유물이 될 것입니다. 오랜 시간이 지나면서 먼지도 쌓이겠죠. 이제 시조는 시조스러움을 던져버리고 모든 방향으로 열려 있어야 합니다. 소재, 주제, 어조 등 모든 것이 무한하게 뻗어 나가야 하며 무한정 자유로워야 합니다. 그러나 걱정 마시라. 시조는 정해진 리듬이 있으므로 아무리 뻗어 나가 봤자 다시 시조로 되돌아옵니다. 마치 용수철처럼, 진자의 추처럼 말이죠.

시조가 앞으로 발전하려면, 아니 계속 살아있으려면 시조는 끊임없이 자신의 한계까지 나아가야 합니다. 한 발만 더 나가면 시조가 아닌 곳까지 경계를 최대한 확장해야 합니다. 땅따먹기하듯 시조의 영역과 경계를 '야금야금' 조금씩 넓혀가야 합니다. 누가? 바로 시조시인들이. 그리고 당신이. 이 일은 연구자나 평론가가 대신해주는 것이 아닙니다. 시인들이 직접 자신의 작품으로 실천해야 합니다.

제발 자유시를 경쟁 상대로 보고 열등감 느끼지 맙시다. 자유시는 자유시의 길이 있고, 시조는 시조의 길이 있습니다. 비교할 것도 없고 위계를 따져볼 필요도 없습니다. 자유시보다 여러모로 불평등하다고, 불리하다고 말할 필요도 없습니다. 작품으로 보여주면 됩니다. 자유시와 같아지면 어쩌나 하고 걱정도 하지 마세요. 시조의 리듬, 시인의 개성만 있으면 됩니다. 우리가 싸울 상대는 단체나 사람이 아니라, 문학과 예술 자체입니다. 우리의 작품이 어

오늘부터 쓰시조 ──

떻게 문학이 되고 예술이 될 수 있는지, 그것만 생각하기에도 시간이 턱없이 부족합니다!

이제, 시조는 무엇이든 쓸 수 있고 어떤 말이든 쓸 수 있어야 합니다. 시조는 이래야지, 하고 말하는 사람은 딱 거기까지. 시조스러운 것은 없습니다. '시조 종장은 우주의 괄약근'이라는 말을 들은 적이 있습니다. 저는 우주의 괄약근을 보여줄 것입니다. 우주 삼라만상을 담을 것입니다. 나의 세계는 우주. 나의 그릇은 우주. 당신은 얼마나 큰 세계를 갖고 있나요?

"시조는 3행이어야 한다"

8

시조는 모든 것을 할 수 있다

8.

시
조
는

모
든

것
을 | 할

수

있
다

 이번 장부터는 '심화 과정'이니 단단히 긴장하셔야 할 겁니다. 일반인이 쉽게 하는 오해로부터 시작해 시조단, 시조시인, 학계, 예술의 장에 이르도록 문제점들을 살펴보면서 이제, 시조라는 장르 존재론에 가닿게 되었습니다. 글이 다음 글을, 문장이 다음 문장을 안내해주었습니다. 고마울 뿐입니다.

  각설하고, 올해 봄이었습니다. 어떤 시조 잡지사로부터 원고 청탁을 받았습니다. 원고청탁서에는 다음과 같은 문구가 적혀 있었죠.

"3장의 형식 파괴, 무분별한 배행 등으로 인한 시조의 정형성이 훼손된 작품은 수록하지 않습니다."

저는 늘 그래 왔듯이 작품에 알맞다고 생각되는 행갈이와 연갈이를 해서 원고를 보냈습니다. 그리고 얼마 후 잡지사로부터 연락이 왔습니다. 제 작품은 정형성이 파괴되어 시조가 아니니, 작품을 3행으로 고쳐달라고요. 시조가 자유시처럼 보인다고, 자유시처럼 보이면 자유시를 따라간다고 여기게 되고, 정형률을 지키지 않으면 시조가 아니라고 말입니다. 결국, 저는, 참지 못하고 며칠 고민 끝에 장문의 메일을 보냈습니다. 저는 진짜 이런 성격이 아닌데, 정말 이런 사람이 아닌데, 어쩔 수 없이 '싸움닭'을 자처했습니다.

다음은 토씨 하나 고치지 않은, 그때 보낸 메일의 원문입니다.

고심 끝에 다른 작품을 보내드립니다. 뒤늦게 원고 보내면서, 번거롭게 해 드려 정말 죄송합니다. 그런데 이 말씀은 꼭 드려야겠습니다.

먼저, 시조 3행 배열이 '정형률'의 모범은 아니라고 배웠습니다. 3행 배열은 근대 초기 신문지의 세로쓰기로 인해 부득불 지켜진 원칙입니다. 1920년대 말 가로쓰기로 보편화되면서 3행 배열이라는 형식만 남았고, 이병기, 이호우, 이영도를 비롯한 여러 시조시인들은 3장 배열이 아닌 자유로운 배행을 즐겼습니다.

3행 배열이 아닌 것이 과연 시조 3장을 파괴하고 정형성을 훼손하는 것인지, 다시 따져볼 문제인 듯합니다.

또한, 번역을 위한 원칙이라면 더더욱 심사숙고할 필요가 있다고 생각됩니다. 저 역시 시조 번역 사업에 몇 번 참여했었는데, 일정한 길이의 3행으로 번역할 수도 없으며, 번역된 작품은 시조의 3장과 전혀 상관없는 시각률을 보입니다.

시조의 세계화라는 취지는 잘 알겠으나 3장 배열이 세계화에 기여할 수 있는지는 잘 모르겠습니다. 가시적으로 3행이라는 것을 강조하면 시조인지 알겠습니다만, 그렇다면 3행으로 쓴 자유시도 시조로 볼 수 있을 것 같습니다. (…하략…)

목숨 걸었죠! 이 꽉 깨물었습니다. 어떤 상황이 오더라도 숨지 말고 당당하자고, 몇 번이나 문장을 다듬으며 떨리는 손으로 메일을 전송했습니다. 하지만, 메일에 대한 답변은 현재까지 듣지 못했습니다. 물론, 대충 분위기 파악은 되었죠.

원고청탁서에 3행을 지키지 않으면 아예 수록하지 않겠다고 명시한 어떤 시조 잡지사도 있습니다. 그런데 시조와 (자유)시를 함께 게재하는 잡지사는 시조에 대한 어떠한 제약도 없습니다. 시는 워낙 다양한, 기상천외한 시도와 행갈이를 보여주니까요. 시조는 양반입니다!

그러나 이제 이런 논의 역시 본격적으로 해야 할 때라고 생각합니다. 그동안 회피해 왔으니까 말이죠. 문제는 다음과 같이 간단합니다. 자, '팩폭(팩트 폭력)'하겠습니다.

여러 시조 단체, 시조 잡지사에서 시인들의 작품을 받아 단행

오늘부터 쓰시조 ──

본 또는 잡지를 엮는데, 시조가 길어질수록 책 페이지가 늘어나고, 페이지가 늘어나면 제작비가 올라갑니다. 더욱이 여러 시조 단체에서 작품들을 모아 앤솔로지를 엮고, 그냥 책만 내면 좀 없어 보이니까 영어나 다른 언어로 번역을 합니다. '시조의 세계화'라는 근사한 명목으로 말입니다. (근데, 번역된 책이 외국으로 나가긴 하는지 모르겠습니다) 어쨌든 간에 책 판형이 어떻든 최대한 페이지를 절약해야 하니 '미니멀한 시조'를 원할 수밖에 없죠. 이것이 팩트! 즉, 제작비를 아끼기 위해 3행 시조를 고수하는 겁니다!

페이지를 줄이기 위해, 제작비 때문에 3행으로 제한한다는 말을 먼저 한다면 흔쾌히 받아들이겠습니다. 더 이상 문제 제기하지 않겠습니다. 저 역시 출판사 편집장으로 오래 있었기 때문에, 열악한 사정에 대해 저 역시 아주 잘 알고 있습니다. 그런데, 이상하게 거기에 '정형성' 문제가 붙습니다. '3장의 형식 파괴와 무분별한 배행'이 정형성을 해친다, 시조가 아니다 하면서 겁을 주고 있습니다! 과연 그럴까요.

정형성은 무엇인가요? 3장은 무엇인가요? 무분별한 배행과 알맞은 배행의 차이는 무엇인가요? 질문이 꼬리에 꼬리를 뭅니다. 그리고 결국 하나의 '끝판왕' 질문이 남습니다. 과연 정형성의 기준은 무엇인가요? 기준은 누가 정했나요?

시조라는 장르의 성립 요건부터 간단히 따져 봅시다. 시조는 초장, 중장, 종장 3장으로 나뉘어 있고, 각 장(章)은 2개의 구(句)로 나뉩니다. 한 장은 4개의 마디로 나뉘고, 초중장과 다르게 종장은 마디의 변화가 있습니다. 예컨대, 초중장이 '소음보－평음보－소음보－평음보'라고 한다면, 종장은 '소음보－장음보－평음보－소음보'라는 변화를 줘야 합니다. 종장은 클라이맥스 혹은 기승전결(起承轉結)의 '결'에 해당하므로 '반전'이 꼭 있어야 합니다! 이것이 시조 정형성의 기준(기본)이 될 것인데, 여기서 문제되는 부분은 바로 이것. '각 장을 꼭 1행으로 처리해야 하는가' 하는 문제입니다.

세로쓰기에서 가로쓰기로

시조 각 장이 어떻게 만들어졌는지는, 현대시조가 발명되고 발견된 1920~30년대 작품이 발표되었던 매체를 추적해보면 됩니다. 당시에 대부분의 문학작품은 동인지나 신문에 발표되었고, 작품은 다시 시집으로 묶였습니다. 그러나 그때까지만 해도 한국(조선)의 글쓰기 방식은 바로, '세로쓰기'였습니다.

세로쓰기는 종서(縱書) 혹은 우종서라 하는데, 종서의 가장 오래된 기록은 중국에서 발견되었다고 합니다. 특히, 한자 문화권, 즉 아시아에서는 전부 세로쓰기를 했는데, 이는 두루마리에 글을 쓸 때 왼손으로 두루마리를 펴나가면서 오른손으로 붓을 잡고 쓰면서 생긴 관행이란 가설이 있습니다. 그리고 이런 한자 문화권의 전통에 따라 삼국시대-고려-조선-대한제국에 이르기까지 한국은 세로쓰기 관행을 유지해왔죠.

따라서 시조 역시 세로쓰기 관행에 따라 세로로 쓰였습니다.

판형이 큰 동인지나 시집의 경우 한 장은 1행으로 처리되었습니다.
2행 이상으로 보이면 초중종장을 식별하기 어렵기 때문입니다. 신
문의 경우, 작게 할당된 지면에 시조를 쓰다 보니, 각 장이 시작할
때는 들여쓰기(공백)하여 장의 새로운 시작임을 표시하였죠.

　　1927년 10월 11일자 조선일보에 수록된 이병기의 글과 작품입
니다. 작은 지면에 작품을 넣다 보니, 부득이하게 장을 2행으로 나
눴습니다. 신문 한 행에 들어갈 수 있는 글자수는 많아야 14자. 14
자가 넘으니 어쩔 수 없이 2행으로 나눈 거죠.

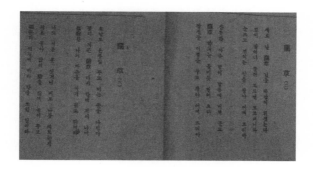

1947년 가람시조집 초판본에 수록된 시조 작품입니다. 세로쓰기로 각 장을 1행으로 처리하였습니다. 세로쓰기니, 한 장을 2행 이상으로 나누기도 어려울 것입니다.

따라서 시조의 각 장이 1행이었던 이유는, 세로쓰기의 관습에 의한 것이지, 어떤 특별한 이유가 있는 것은 아니었습니다! 또한 당시에는 인쇄물이 귀했으므로, 당연히 페이지 절약은 기본이죠! 장을 나누고 싶어도 나눌 수가 없습니다!

한국은 6.25 전쟁 이후 한글전용 정책에 의해 한글 세벌식 타자기가 일반화되기 시작하면서 비로소 '가로쓰기'가 확산되었습니다. 물론, 타자기와 상관이 별로 없는 출판업계에서는 1970년대까지 세로쓰기가 유지되었죠. 그러나 1980년대 이르러서 신문을 제외한 출판물은 가로쓰기가 대세가 되었고, 신문업계 역시 가로쓰기로 전환되었습니다. 그래서 60~70년대 전까지 나온 시집이나 소설집은 대부분 세로쓰기로 되어 있어, 근대문학을 연구하는 연구자들에게는 곤욕이 따로 없죠.

그렇게 가로쓰기가 일반화되면서 시조의 각 장은 드디어 분행이 가능해졌습니다! 더욱 자유로운 시조를 쓰고 싶었던 시인들은 자신의 개성에 맞게, 자신의 작품에 맞는 행갈이와 연갈이를 시도하기 시작했습니다. 아무래도 초중종장을 3행으로 나열하면, 장과 장 사이의 여백도 없고, 의미론적이나 시각적으로 분절이 필요한 곳이 있기 때문에, 행갈이와 연갈이를 할 수밖에 없죠. 물론, 행과 연을 나눌 때는, 구를 경계로 나누거나 4마디 중 일정한 부분을 나누는 것이 일반적입니다.

실제「아지랑이」초고

어루만지듯
당신
숨결
이마에 다사하면

내 사랑은 아지랑이
춘삼월 아지랑이

장다리
노오란 텃밭에

나비
　　나비
나비
　　나비

　　　　　　　　　　　―이영도,「아지랑이」전문(1966)

　춘삼월 봄날, 아지랑이가 피어오르는 것처럼, 나비가 날아다
니는 것처럼 행과 연을 나눴습니다. 당시에는 파격이었을 겁니다.
이 작품을 만약 3행으로 나열했다고 생각해봅시다. 과연 이와 같은 효과를 보여줄 수 있을까요? 모든 시는 그 시에 알맞은 행갈이와 연갈이가 있습니다. 누군가 말했습니다. 시인은 행갈이와 연갈이를 할 줄 아는 사람이라고. 아무 생각 없이 나눈 행과 연은 없습니다!

시조의 번역 불가능성

자 그럼, 번역의 문제로 넘어가 봅시다. 3행으로 된 작품만 번역 가능할까요? 어째서 그럴까요? 문제는 간단합니다. 분행이 될수록 시조로 보이지 않을 가능성이 높기 때문에 그런 것인데, 이 문제도 사정은 그리 간단하진 않습니다. 만약 3행으로 된 시가 있다고 칩시다. 그것을 영어로 번역하면, 시조와 어떻게 다른가요? 다시 말해, 영어로 번역하면 영어 번역에 시조임을 알 수 있는 표식이 있느냐 말입니다.

이병기, 「난초蘭草 1(Orchid 1)」

한 손에 책을 들고 조오다 선뜻 깨니
드는 볕 비껴가고 서늘바람 일어오고
난초는 두어 봉오리 바야흐로 벌어라

Holding a book in one hand, suddenly was I awakened from a doze.
As the streaming sunshine slants aside, and the cool wind rises,
Two to three orchid buds are ready to burst.

박재삼, 「동학사 일야東學寺 一夜(A Night at Donghaksa Temple)」

눈 녹은 물과 봄밤을
나란히 묻어버리면

저승 어디선가
낙숫물이 뚝뚝 지고

그대의 먼 입술가에
지금 천지天地가 무너진다.

The water from melted snow and a spring night,
If I bury side-by-side,

Somewhere in the other world they would make
Raindrops, falling from the eaves; "tap, tap."

Upon your lips far away
Now the heaven and earth collapse.

김정희, 「찻잔(お茶碗)」

연둣빛   うす緑の
물안개에   川霧に
사르르 녹는 봄눈   溶ける春の雪

옷깃   着物を
나부끼며   なびかせながら
향으로 오시는 이   香りと共に来る人

조용히   静かに
무릎을 꿇고   膝をついて
두 손 모아 여미다   両手を合わせます

　보시다시피 번역의 문제는 영어뿐만 아니라 다른 언어도 마
찬가지입니다. 안타깝게도 '초중종장 4마디 3장 6구'라는 시조의
정형성은 한국어로만 보여줄 수 있습니다. 물론 최근 미국에서 미
주시조연구회(Sijo Society of America)라는 동호회와 하버드 대학
의 한국학연구소(Korea Institute, Harvard University), 세종문화회
(Sejong Cultural Society of Chicago) 등에 의해 이른바 '영어 시조
(English Sijo)'가 창작되고 전파되기 시작했습니다. 여러 동호회와
대학 및 고등교육기관에서 영어로 쓰는 시조가 소개되고 현재까지

도 동호인이 계속 늘어가고 있다는 점은 주목할 만합니다!

그런데 이들이 '영어 시조'를 창작하기 위해 시조의 형식을 45음절(syllable)의 3행시로 보고, 각 행(line)은 14~15음절로 구성되는 것으로 못 박아두었습니다! 여기서 '음절'은 한국어의 '음수'와 다른 영어의 음절이며, 조윤제의 통곗값(3장 6구 45자)을 그대로 적용한 것으로 보입니다.

물론 '영어 시조' 역시 인쇄물의 영향에서 벗어날 수 없습니다. 영어로 지어진 시조 한 장의 길이가 길기 때문에 '3행시' 형식으로 책에 수록하려면 글자의 크기를 대폭 줄여야 한 페이지에 한 작품을 수록할 수 있습니다. 그래서 이들은 1장(행)을 반씩 분리하여 보기 좋게 한 페이지 폭에 맞췄습니다. 매체의 특성으로 인해 어쩔 수 없이 시조의 형식이 바뀐 거죠.

David R. McCann, 「Like a martini: three lines with a twist」

All through lunch, from my table
　　I keep an eye on your disputes,
Green lobsters in the bubbling
　　tank by the restaurant door.
Slights, fights, bites-Whatever the cause,
　　make peace and flee, escape with me!

김민정,「꽃과 나(A Flower and I)」

들숨과 날숨 사이 바람의 갈피에서
내가 피어나듯 순간에 피는 저 꽃,
실바람 오랜 포옹에 한 몸으로 포개진다

By swaying in a soft breeze
    between inhaling and exhaling,
I seem to come into blossom;
    the flower blooms, too, in a flash.
O we two become one body
    in a long hug of the breeze.

　　최근에는 한 시조 문학 단체 내에서 시조를 영어로 번역하면
서 일정한 규칙을 보여주고 있습니다. 인용시에서 알 수 있듯, 최
대한 한 장을 15음절로 맞추고 있지만 이 규칙은 가변적이며, 다만
한 장을 나타내기 위해 행갈이 된 두 번째 행은 들여쓰기를 해서 하
나의 장임을 보여주고 있습니다. 들숨과 날숨 그리고 꽃의 긴장관
계가 초-중-종장을 통해 전개되고 있지만, 만약 시조가 아닌 이와
비슷한 3행시가 '영어 시조(English Sijo)'와 같은 형식으로 번역된다
면, 그것이 시조인지 아닌지 어떻게 구별할 수 있을까요?
　　결국 번역을 위해 시조 3행을 유지하는 것은 그다지 설득력이

없습니다. 다만 하나의 책에서 모든 작품이 3행으로 되어 있고 영어 번역도 다 3행이라면, 그것을 보는 사람은, '아 뭔가, 규칙이 있구나'하고 생각할 수 있겠습니다. 그러나 그것으로 시조의 정형성을 보여줄 수 없습니다. 다시 말해, 시조는 언터처블(untouchable), 번역 불가능한 장르입니다! 'K-시조'라고 해서 한류 문화 콘텐츠로 시조도 거론되고 있긴 하지만, 안타까울 따름입니다. 무작정 덮어두고 '시조의 세계화'를 운운하기에는 여러 문제가 있습니다.

<u>3행은 정형성이 아니다</u>

시조의 3행 유지를 고수하는 분들이 간과하는 점이 또 있습니다. 그것은 바로 시라는 문학 장르의 특성입니다. 시는 다른 문학 장르와 다르게 행갈이와 연갈이가 있습니다. 다시 말해 행과 연의 분절이 시라는 장르가 가진 가장 고유하고 특수한 속성인데, 이 속성은 그저 시와 산문을 나누는 표기법에만 머물지 않습니다. 왜냐하면 행연의 분절이 바로 시 자체이기 때문이죠.

"시는 모든 것에 대해 온갖 수단을 동원하여 끝까지 말하려 한다. 말의 이치가 부족하면 말의 박자만 가지고 뜻을 전하고, 때로는 이치도 박자도 부족한 말이 그 부족함을 드러내어 사람의 마음을 움직인다."
— 황현산, 『잘 표현된 불행』(문예중앙, 2012, 6쪽.)

그렇습니다. 분절된 문장 사이의 부족함과 의미의 공백을 독자의 공간으로 남겨두면서 시는 사람의 마음을 움직입니다. 끝까지 말하기 위해 온갖 수단을 동원하고 있는데, 다 형용하기 어려워 리듬으로 보여주고 그 리듬도 부족하여 공백을 남겨둡니다. 그 공백이 바로 시! 시의 형식과 내용은 따로 떨어져 있지 않으며, 형식이 곧 내용이고, 내용이 곧 형식입니다. 형식 자체에, 행과 연의 분절에 의미가 있습니다. 시의 의미는 활자에만 있지 않습니다!

시조 역시 마찬가지. 시조의 장은 말할 것도 없고, 행갈이와 연갈이를 통해 리듬을 보여줘야 합니다! 무분별한 행과 연의 분절이 시조의 정형성을 무너뜨린다고요? 3행이 정형성인가요? 4마디를 한 행에 보여줘야 정형성인가요? 물론 시조시인들은 (치열하게) 고민해야 합니다. 작품에 알맞은 행과 연을 분절하면서 초, 중장과 전혀 다른 종장의 반전을 보여줘야 합니다.

그런데 이 반전은 단순히 글자 수의 변형으로 할 수 있는 것이 아닙니다! 초장, 중장, 종장 모두가 비슷한 내용, 같은 '톤 앤 매너 (tone & manner)'를 보인다면, 시조가 아닙니다! 그냥 3행시죠. 아니면 4구체 가사(歌辭)입니다. 종장은 초장과 중장과 다르게 반전이 있어야 하고 충격과 공포가 있어야 합니다. 무릎을 '탁' 치게 하는 묘수가 있어야 합니다. 이것이 바로 시조의 정형성입니다. 정형성은 형식에만 국한된 것이 아닙니다. 3행은 정형성이 아닙니다!

시조는 모든 것을 할 수 있어야 합니다. 모든 변형과 모든 시도가 가능한데, 4마디 초-중-종장의 미학으로 되돌아가야 하는 것이 관건이죠. 얼마나 멀리 가서 되돌아올 수 있느냐에 시조의 성패가 달려 있습니다. 즉, 어린이 놀이 땅따먹기와 시조는 같은 원리입니다. 3번에 자기 집으로 돌아와야 땅을 먹을 수 있듯, 시조 역시 초-중-종장 3번으로 끝내야 합니다. 너무 멀리 가면 3번에 돌아올수 없죠. 행갈이와 연갈이로 만들어진 리듬을 저 멀리 보내서 3번만에 종장으로 돌아와야 합니다. 이 얼마나 멋진 일이고 가슴 벅찬일인가요! 해본 사람만 느낄 수 있는 희열입니다.

무궁무진한 시조의 리듬을 3행으로 가두지 말았으면 합니다. 3행으로 하기에 시조는 너무 넓고 웅숭깊습니다. 시조의 정형성은 형식의 문제가 아닙니다. 리듬의 문제입니다. 여기서 리듬은 형식으로부터 시작해 의미 형성에 관여하며, 리듬이 바로 시조 자체입니다. 시조는 모든 것을 할 수 있고 모든 것을 말할 수 있습니다. 마치 당신처럼 말입니다.

"시조는 음보율이다"

시조의 리듬은 복합적이다

9.
시조의 리듬은 복합적이다

　제일 어려운 문제를 앞두고 있습니다. 오랜 시간 연구에 매진해온 국문학자도, 시력 30~40년이 넘으신 원로 시조시인들도 쉽게 말하지 못하는 문제. 바로 음보율! 명확한 레시피 없이 '감'으로 하는 요리, 음보율! 그러나 분명히 존재하는 음보율! 음보 문제를 해결하지 못하면, 시조의 정형성을 정의할 수 없으니 반드시 짚고 넘어가야 합니다. 특히 '초장-3/4/3/4, 중장-3/4/3/4, 종장-3/5/4/3'이라는 음수율을 보완하기 위해 제안된 것이 음보율이니, 음보율이 시조 리듬의 핵심이라고 봐도 무방합니다. 그런데, 음보라는 개념이 무척 '수상'합니다. 하여, 음보 개념을 하나씩 추적해보면서 시조의 리듬이 어떻게 만들어지는지 살펴보겠습니다.

116

일반적으로 시조는 4음보(音步)가 3번 되풀이되어 초장, 중장, 종장 3장(章)을 이루는 동시에, 각 장은 이분되어 전체 6구(句)를 이루고 있다고 정의합니다.

초장 ○○○ / ○○○○ / ○○○ / ○○○○/　　(4음보)
중장 ○○○ / ○○○○ / ○○○ / ○○○○/　　(4음보)
종장 ○○○ / ○○○○○ / ○○○○ / ○○○/　　(4음보)

이때 시조의 '음보'라는 개념은 서양시의 '음보(foot)' 개념과는 다른 것입니다. 서양시의 음보는 단어에 나타나는 강약의 규칙에 따른 것이지만, 한국어의 경우 강약의 근거를 들기 어렵습니다. 따라서 시조는 율독에 따른 시간의 등장성(等長性, isochronism), 호흡군(breath group), 통사적 구분, 의미와 문맥 등으로 음보를 설정하지만, 음보의 구분은 아무래도 자의적일 수밖에 없습니다. 명확한 (산술적) 기준이 없기 때문이죠.

음보는 율독(낭독이든 묵독이든)할 때 숨 쉬는 단위인 휴지(休止)와 띄어쓰기에 의한 것인데, 짧은 휴지는 음보(音譜)에, 중간 휴지는 구(句)에, 긴 휴지는 장(章)에 해당한다고 할 수 있습니다. 즉, 음보란 휴지에 의해 구분되는 '음성적인 마디(경계)'라 할 수 있는데 이것이 연속적으로 되풀이될 때 '음보율'이 형성됩니다.

여기서 휴지의 기준이 되는 것이 바로 '등장성(等張性)'입니다. 모든 음절에는 같은 시간이 주어지는데, 일반적으로 한 음보

안에 들어가는 음절수는 3~4개 정도로 볼 수 있습니다. 한국어는 2음절 혹은 3음절의 단어가 주를 이루는 교착어(실질 형태소인 어근에 형식 형태소인 접사를 붙여 단어를 파생시키거나 문법적 관계를 나타내는 언어) 또는 첨가어이기 때문입니다.

이에 따라 시조 한 음보에 들어가는 기본 음절수 4음절을 '平음보'로, 3음절을 '小음보', 5음절 이상을 '長(過)음보'라 규정하여, 이들의 긴장 구조(초장-小/平/小/平, 중장-小/平/小/平, 종장-小/長/平/小)를 통해 시조의 정형미학을 설명하고 있습니다. 물론 음절수는 신축적으로 변형 가능지만, 종장의 제1음보는 3음절, 제2음보는 5음절 이상을 '고정불변의 법칙'으로 지키고 있습니다. 흔히들 시조시인들은 음보를 '걸음'으로 말하기도 합니다. 종장만 걸음걸이가 다르다는 거죠. 그래서 어떤 작품이 시조인지 시인지 구별하는 법은 바로 종장 제1음보와 제2음보의 음절수를 따져보면 됩니다.

그러나 각각의 음보를 율독할 때 동일한 시간이 소요된다고 가정한다면, 초중장의 모든 음보가 동일한 4음보 격의 가사(歌辭)와 다를 바 없어지며, 다만 종장의 소음보-과음보에 의한 변형만 고려할 수밖에 없습니다. 그러므로 '음성학적 측면'에 의한 등장성은 시조의 종장이나 초중장 모두 4음보로 된 동일한 시행으로 규정할 수밖에 없는 한계에 직면합니다.

물론 '단어와 단어는 띄어 쓴다'는 띄어쓰기 원칙에 따라 띄어쓰기가 휴지가 되는 부분은 그래도 일정한 편이지만, 율독의 차원에서 발생하는 호흡과 휴지(休止)는 낭독자의 심리적 상태나 낭독 환경에 따라 매우 자의적이며 가변적일 수밖에 없습니다. 말 빠르기는 사람마다 다르기 때문입니다. 끊어 읽는 휴지도 마찬가지. 누군가는 A지점에서 떼어 읽을 수도 있고, 또 어떤 누군가는 B지점에서 떼어 읽을 수도 있습니다.

하지만 무엇보다 가장 큰 문제는, 시조를 시조로 알고 읽을 때 시조의 율격대로 끊어 읽게 된다는 것입니다. 어떤 시조 작품을 두고 시조라는 것을 알지 못하고 읽게 될 때는 4음보를 인식하기 어렵겠지만, 시조라는 사전 정보를 획득하게 되면 어느 정도 규칙적인 음보를 구분하며 읽게 됩니다.

결국 음보를 '음성학적 측면'인 등장성이나 휴지로 정의하는 것은 이미 그 개념 안에 일정한 규칙을 내포하고 있다는 모순을 떠안게 됩니다. 이제, 4음보 격의 가사와 시조가 어떻게 다른지 음성학적 측면으로는 설명할 수 없는 결론에 다다르게 되었습니다!

통사론적 배분+의미론적 분절=?

음성학적으로 음보를 설명하기 어렵다면, 통사적 구분에 따라 음보를 나누는 것은 가능할까요? 쉽게 말해 띄어쓰기로 분절의 구간을 정하는 것인데, 문장을 구성하는 요소들이 결합하는 방식을 추적해가면서 분절 지점을 찾되, 그 분절은 문장 구성요소 상호 간 의미와 문법 관계에 따라 나뉘면 됩니다! 과연 가능할까요?

여기서부터(진작부터) 저는 '음보'라는 말을 쓰지 않고 '마디'라는 말을 쓸 것인데, 기존의 음보 개념이 갖고 있는 음성학적 성질을 피해 가기 위해서입니다. 이에 따라, 통사 구조 안에서 마디는 최소 단위이면서 전체를 이루되, 이때의 최소 단위는 통사론을 전제로 합니다. 즉, 문장은 7개의 문장 성분(주성분-주어, 목적어, 보어, 서술어/ 부속성분-관형어, 부사어 / 독립성분-독립어)으로 나뉘어 있고, 문장 어순과 구조도 살피면서 최소 단위를 설정하면서 그 분절 지점을 마디로 보는 것이죠. 아주 쉽게 말해, 띄어쓰기한 부분을 마디로 보는 것입니다.

자, 그럼 구체적인 예를 들어 통사적 구분이 가능한지 확인해 보겠습니다.

> 강나루 건너서 밀밭 길을
> 구름에 달 가듯이 가는 나그네
> 길은 외줄기 남도 삼백리
> 술 익는 마을마다 타는 저녁놀
>
> — 박목월, 「나그네」 부분

김소월(feat. 주요한) 덕분에 3음보라는 '민요조'가 한국문학사에서 중요한 키워드로 자리했고, 3음보로 떨어지는 모든 문학작품은 민요조라는 타이틀을 거머쥘 수 있게 되었습니다. 그중 박목월의 많은 시가 민요조라는 호칭을 얻었죠.

오늘부터 쓰시조

강나루/ 건너서/ 밀밭 길을//

구름에/ 달 가듯이/ 가는 나그네//

길은/ 외줄기/ 남도 삼백리//

술 익는/ 마을마다/ 타는 저녁놀

이렇게 3음보로 나눴는데, 아주 꼭 그렇게 나눠떨어지지도 않
습니다. 보는 사람마다 다를 수 있죠. 그래서 또 이것을 4음보로 나
눈 연구자도 있습니다.

강나루/ 건너서/ 밀밭/ 길을//

구름에/ 달 가듯이/ 가는/ 나그네//

길은/ 외줄기/ 남도/ 삼백리//

술 익는/ 마을마다/ 타는/ 저녁놀

그러나 "밀밭 길을", "가는 나그네", "타는 저녁놀"은 엄밀히 말
해 통사적으로 나눌 수 있지만, 의미론적으로는 나누기가 쉽지 않
습니다. '가는 나그네'와 '타는 저녁놀'은 형용사+명사의 조합이니
정말 엄밀하고 깐깐하게 따지면 통사적으로 나눌 수 있지만, '밀밭
길을'은 명사(합성어)+조사입니다. 조사는 통사적으로 나눌 수 없
으니, 4음보로 나누는 것은 무리죠! 이러한 예는 무수히 많습니다.
김소월의 「산유화」를 민요조 3음보로 나누려는 무리한 시도도 있
습니다.

산에는/ 꽃 피네/ 꽃이 피네//

갈봄/ 여름 없이/ 꽃이 피네//

— 김소월, 「산유화」 부분

"갈봄"과 "여름 없이"를 과연 나눌 수 있을까요. 김소월의 성격상, '봄여름가을'을 한꺼번에 말하고 싶은데, 시의 리듬을 살리기 위해 '갈(가을)봄여름 없이'로 썼을 것입니다. 대부분의 연구자들 또한 2음보로 해석하는데, 그렇다면 '갈봄여름 없이'로 분절 없이 가는 것이 더 낫지 않을까요? 물론 해석은 자유입니다.

결국 문제가 되는 것은 통사적 배분과 문맥상 분절을 어떻게 볼 것이냐입니다. 문장 성분에 따라 아주 엄격하게 통사적 배분(띄어쓰기)을 하면 최소 단위의 마디가 만들어집니다. 그러나 그곳이 문맥상 분절되는 지점이 아닐 수도 있습니다. 다시 말해 통사적 배분(띄어쓰기)과 더불어 문맥상 분절까지 염두에 두어야 하는데, 문제는 문맥상 분절 역시 자의적 해석의 위험성을 갖고 있다는 것이죠. 그리고 이렇게 고등어 토막 내듯이 시 구절을 토막 내다 보면, 시의 중요한 특질인 모호성(ambiguity)과 결정 불가능성(undecidability)이 사라집니다. 시는 하나로 해석되는, 정답이 있는 글이 아니기 때문입니다. 고등어 토막은 요리하기 좋게 하는 것이지만, 시를 토막 내다 보면 시는 없고 언어만 남게 됩니다.

따라서, 통사적 배분과 문맥상(의미론적) 분절이 가능해지려면 다음의 요건을 갖춰야 합니다. 첫째, 의미론적 배분이 보다 객관적이어야 합니다. 둘째, 시에서의 호흡과 휴지의 분절이 관습적이든 일반적이든 간에 일정해야 합니다. 셋째, 한국어를 모국어로 하는 일반인에게 통사적 배분 역시 일정해야 합니다. 넷째, 시조의 분절 기준인 마디(음보) 개념이 확실해야 합니다. 다섯째, 이는 시조 장르에 있어서 근본적인 문제이기도 한데, 시조와 시조가 아닌 것의 경계가 명확해야 합니다.

이 5가지 문제가 해결된다면, 통사적 배분과 문맥상 분절로 시조의 4마디를 나눌 수 있을 것이지만, 안타깝게도 '불가능'해 보입니다. 첫째, 의미론적 배분은 객관적일 수 없고 둘째, 시의 호흡과 휴지의 분절은 일정할 수 없고 셋째, 사람마다 다르게 배분할 수 있으며 넷째, 분절 기준인 마디 개념은 명확하지 않으며 다섯째, 시와 시조의 경계가 명확하지 않습니다. 종장으로 어느 정도 구분할 수 있으나, 그것도 쉽지 않아 보입니다.

결국, 음보라는 개념은 '이현령비현령(耳懸鈴鼻懸鈴, 귀에 걸면 귀걸이, 코에 걸면 코걸이)'이라 할 수 있으니, 첩첩산중입니다!

종장과 음보의 문제

음보의 기준이 명확하지 않으므로, 4마디씩 끊기가 참으로 쉽지 않습니다. 그런데 만약 시조의 불문율인 '종장 제1음보 3음절, 제2음보 5음절 이상'의 문제 앞에서 음보 기준이 명확하지 않다면 어떻게 될까요? 종장을 건드린다는 것은, 목숨을 걸었다는 말입니다! 이것은 창작자의 문제가 아닐까 하지만, 또 그렇다고 무작정 손가락질하기도 어렵습니다.

> 풀리는 시간으로 일상을 보내면서
> 헛짚어 온 날들을 서둘러 밀어내고
> 참된 내 자리에 와서 시계가 되어 주길

예를 들기 위해 엉성하게 작품을 만들어 보았습니다. 시조라는 정보를 미리 드리겠습니다. 자 읽어보시죠. 중장의 "헛짚어 온/ 날들을"로 봐야 할지 "헛짚어/ 온 날들을"로 나눠야 할지 애매합니다. 중장은 그렇다 치고, 종장을 한번 보죠. "참된 내"라는 3음절 뒤에 "자리에 와서"라는 5음절이 오니 종장 충족 조건을 갖췄지만, 과연 제대로 갖췄을까요? '참된'이 '내 자리'를 수식하는 것이니, "참된/ 내 자리에 와서" 이렇게 분절해야 하지 않을까요? 그렇다면 종장 '3-5'가 아니라 '2-6'이 되므로 종장 조건에 부합하지 못합니다. 즉, 종장만 글자 수로 따지기엔 여러 문제가 발생한다는 뜻이죠.

> 밤마다 부서진 웃음으로 너에게
> 하늘에 닿을 때까지 마음에 내릴 때까지
> 단단한 시간 귀퉁이 있는 힘껏 두드려라

급조한 시니 그냥 예시로만 봐주시길. 초장부터 문제입니다.

요즘 많은 시조시인들이 간과하고 있는 그것! 바로 구의 문제입니다. 분명 시조의 한 장은 2구로 나눠져서 총 6구로 나눠져야 합니다. 그러나 인용시의 초장은 2구로 나눠지지 않습니다. 물론 글자 수로 억지로 나눌 순 있지만, 읽어보면 그렇게 간단한 문제가 아닙니다. '부서진'은 '웃음'을 수식하기 때문에, "밤마다// 부서진 웃음으로// 너에게" 이렇게 나눠야 합니다. 3구가 되는 거죠. "밤마다 너에게// 부서진 웃음으로" 혹은 "부서진 웃음으로// 밤마다 너에게"로 고치면 2구로 나눌 수 있으니, 각 장 제2음보와 제3음보 사이가 통사론적+의미론적 분절이 되는지 꼭 확인해야 합니다. 종장도 마찬가지. '단단한' 것이 '시간'인지 '시간 귀퉁이'인지 모호합니다. 자칫하면 "단단한 시간/ 귀퉁이"로 읽을 수 있습니다.

여기서 두 가지 문제가 발생합니다! 하나는, 시조 종장이 3음절만 맞추거나 띄어쓰기에 의한 것이라면, '시조 종장의 첫 구는 3음절'이라는 내용 없는 형식만 남게 된다는 것과, 또 하나는 구를 어떤 기준으로 나누어야 하는가 하는 문제입니다. 3음절+5음절이라는 종장 조건만 지키면 '장땡'인가요? 그래서 음보율이 있는 것인데, 결국 통사론적+의미론적 분절이 함께 해야 그나마 시조답게 보일 수 있습니다. 구 역시 마찬가지. 구를 지키려면 확실히 지켜야 합니다. 글자 수만 맞추다가는 이도 저도 아니게 될 수 있습니다.

정리하면, 시조의 리듬을 해명하기 위해 음수율이 처음 도입되었으나, 부족한 부분이 많아 음보율까지 등장하였습니다. 그런데 '음보'라는 개념은 한국의 개념이 아닌 데다가, 명확하지도 않습니다. 이 음보라는 개념에 통사론적 분절과 의미론적 분절까지 포함하면 그나마 시조의 리듬을 설명할 수 있을 것 같지만, 이것 역시 자의적일 수밖에 없으니, 어떡해야 할까요?

새로운 한국어 리듬 요소, 박자

번역 불가능성에 따라 한국어로만 시조를 쓸 수 있고 감상할 수 있다면, 'K-문화'로서 시조의 범세계적인 확장은 쉽지 않아 보입니다. 그러나 '번역 불가능한 한국 고유의 정형시'라는 고유성 혹은 특수성이 오히려 보편성을 확보하는 데 크게 기여할 수도 있죠. 조선 시대의 복식(服飾)과 문화를 그대로 보여주는 넷플릭스 드라마 〈킹덤〉, 세계 유일하게 한국에만 존재하는 반지하방을 보여주는 영화 〈기생충〉, 뮤지션 'BTS'의 한국어 노래가 그러하듯이, '번역 강박'에서 벗어나 시조의 정형 미학을 보다 강조할 수 있다면 시조의 'K-문화'로서 가능성을 타진해볼 수 있지 않을까요? 이에 따라 시조라는 문학 장르가 타 장르와의 변별지점이 무엇인지 찾고 이를 극대화할 수 있는 지점을 살펴보면, 시조가 한국어에 특화된 문학 장르라는 점을 들 수 있을 것입니다.

시조의 미학은 '기승전결(起承轉結)' 중 '전(轉)'의 역할 또는 '클라이맥스(climax)' 부분인 종장에 의해 긴장과 이완의 완급 조절로 발생하고 완성됩니다. 그러나 시조 종장의 '전환(twist)'은 앞서 살펴봤듯이 영어 번역 또는 '영어 시조'로 구현하기 어렵습니다. 한

오늘부터 쓰시조 ──

국어의 음수율과 음보율을 시조 리듬론의 전제로 하고 있기 때문입니다.

이에 따라 저는 초-중-종장의 긴장과 이완의 구조는 음수와 음보 변형에만 의지하지 않고 다양한 방식으로 전개될 수 있다고 봅니다! 저는 음절 이외에도 박자와 강세 등 다양한 한국어의 특질이 시조 리듬에 기여할 수 있다는 가능성을 제시하겠습니다!

근대적 조선 시형을 새롭게 정립해갔던 근대 초기 대부분의 문학 주체들은 한국어의 강약률, 고저율, 장단율 등을 부정했습니다. '음악성'을 소거하면서 자유율(내재율)을 추구하는 것을 '근대적인 것'으로 보았던 거죠. 그러나 국학자이자 시조시인인 안확은 '구박자(口拍子)'라는 개념을 제시하면서, 한 박자 안에서 강약을 잘 조화시켜야 시조의 율격이 형성된다고 보았습니다. 그는 초중종장이 각각 2박절(拍節)로 총 6박절을 이루고, 1박절의 자수를 5음절에서 8음절까지 보았습니다. 그에 따르면, 1음절 단어는 '강'하게 읽고, 2음절 단어는 '강-약'으로 하고, 3음절 단어는 '강-약-약'으로 이루어진 단어를 배치해야 한다는 것입니다.[1] 이러한 안확의 구박자 개념은 서우석의 '강박 출현의 지연'과 맞닿는 것으로 볼 수 있습니다.

모든 시조는 초·중·종장으로 되어 있고 각 장은 네 박으로 되어 있으며 그 셋째 박이 항상 강박이 된다는 정의를 내릴 수 있게 된다.

1 안확, 「시조의 작법」, 『조선』 168호, 1931. 10.

이 구조는 '약약강약'의 구조이다. 또한 이 박자적 구조는 의미의 전달과도 밀접한 관계를 갖는다. 강박에 출현하는 단어의 뜻이 이 시조가 전달하려는 전체의 뜻과 보다 직접 관련이 있고 의미의 계층에 있어서 높은 수준에 머물러 있다. …(중략)… 세 번째 출현은 변화를 필요로 한다. 그래서 둘째 박자는 늘어질 필요가 생기는 것이다. 늘어지는 이유는 다음에 나올 강박의 출현을 돕기 위한 것이다.

— 서우석, 「시조의 리듬과 박자」(『시와 리듬』, 문학과지성사, 1981, 21쪽.)

서우석은 구체적인 작품을 예로 들면서 각 장의 네 박(음보 혹은 마디) 중 셋째 박이 항상 강박(强拍)이 되는데, 종장의 경우 둘째 박자가 늘어나면서 '강박 출현의 지연'이 일어난다고 보았습니다. 초장과 중장에서 보인 강박의 출현이 종장에 오면서 지연 또는 일탈이 일어나고, 이 일탈이 우리에게 '만족'과 리듬감을 준다는 것이죠. 그는 초중장과 다른 종장의 지연과 일탈로 인해 각 장이 유기적으로 조화를 이룰 수 있다고 보았고, '박자'를 보다 큰 질서로 보고 리듬을 '그 내부의 현상'으로 여기면서, 종장의 전환이 박자에 종속되는 것을 시조 리듬의 '묘미'로 보았습니다.

시조의 한 행은 두 개의 반행으로 나누어지고 하나의 반행은 다시 두 음보로 나누어진다. 첫째 행과 둘째 행에서는 강한 반행이 먼저 오고 약한 반행이 뒤에 오며, 반행의 내부에서는 약한 음보가 앞에 오고 강한 음보가 뒤에 온다. 반행에 ±1의 수치를 매기고, 또 음보에 ±2의 수치를 매기면 율격의 이탈이 허용되는 정도를 알 수 있다. 음수의 수치로 표시된 음보에 율격의 이탈이 허용되는 것이다.

그런데 셋째 행에서는 이러한 율격 구조가 완전히 역전된다. 약한 반행이 먼저 오고 강한 반행이 뒤에 오며, 반행의 내부에서는 강한 음보가 앞에 오고 약한 음보가 뒤에 온다. (…) 그러므로 시조의 셋째 행은 네 음보와 다섯 음보 사이에서 주춤거리는, 다시 말해서 완전히 분화되지 않은 형태라고 생각할 수 있다.

— 김인환, 「시조와 현대시」(『비평의 원리』, 나남, 1994, 25~26쪽.)

김인환 평론가 역시 '박자'에 주목합니다. 그는 시조 리듬을 음보 수만 세던 것에서 벗어나 일반 독자들에게 여러 차례 작품을 낭독하도록 하여 얻은 자료에서 도출한 김진우의 박자 논의(「시조의 운율구조의 새 고찰」, 『한글』 173, 174 합병호, 한글학회, 1981.)를 토대로, 시조의 한 장(행)을 구로 나누되, 초장과 중장의 한 행은 '강반행' 다음 '약반행'이 오고, 반행은 '약음보→강음보'의 순서로 전개되는 것으로 보았습니다. 그런데 종장에서 '약반행' 다음 '강반행'으로 역전이 일어나고, 이때 반행 역시 '강음보→약음보'의 순서로 역전이 일어난다는 것입니다. 이는 율독에서 일어나는 박자를 토대로 시조의 리듬을 분석한 것인데, 서우석의 '약약강약'의 구조를 '강(약-강)/약(약-강), 약(강-약)/강(강-약)'으로 더 세분화시킨 것입니다. 이때 '강(强)'과 '약(弱)'이라는 박자는 김인환에 따르면 '소리결'인데, 그는 "율격은 시인의 흥분된 정신 상태의 산물이기 때문에 열정과 충동을 함축하고 있으면서 동시에 반복되는 질서이기 때문에 의지와 절제를 드러내고 있는 것"으로 보았습니다.

따라서 시조 리듬 전체 질서에서 박자는 한국어의 다양한 '소리결의 효과'에서 기인한다고 볼 수 있으며, 이러한 박자의 문제는 최근에 제시된 '프로조디(prosody)' 혹은 '소리-뜻'이라는 '의미론적 강세' 개념과 연관될 수도 있습니다. 앙리 메쇼닉 이론이 소개되는 동시에 의미와 무관한 소리 자질이나, 통사적 혹은 호흡 마디 분석으로 리듬의 요체를 파악할 수 없다는 문제의식이 공유되면서 여러 연구자가 새로운 리듬론을 제시한 바 있습니다.

다시 말해 "통사 그룹에 대한 이해가 리듬의 근간을 차지한다"[2] 지적처럼 시조의 리듬은 통사 그룹 안에서 다양한 단위의 운동에서 발현됩니다. 이는 음운적 요소 또는 음성적 요소 곧, 청각적 요인에 의해서 형성된 리듬과 더불어, 언어의 의미, 정서, 구문 등의 요인들에 의해 형성된 심리적 리듬이 함께 발생하는 거죠. "한 편의 시에서 지배적으로 출현하는 음운은 운율적 성격을 갖는다. 이것은 음성 차원의 문제가 아니라 의미론 차원의 문제"[3]라는 지적처럼, 지배적으로 출현하는 음운은 하나 이상의 의미를 가질 수 있습니다. 물론 작품 자체 내에서 의미를 담지 않은 단어인 '빈 단어' 역시 존재합니다. 그러나 이와 같은 '빈 단어'를 상정하는 것은 곧 하나의 작품에서 '가치'를 가진 음운과 그렇지 못한 음운을 구분할

---

2 조재룡, 『시는 주사위놀이를 하지 않는다』, 문학동네, 2014, 159쪽.
3 권혁웅, 『시론』, 문학동네, 2010, 429쪽.

오늘부터 쓰시조 ─────

수 있는 근거가 됩니다. 그리고 그 가치들의 차이를 통해 체계라는 것이 형성될 때, 하나의 작품이 이루어진다고 할 수 있습니다.

따라서 시 전체에서 통사적으로 특별한 의미를 담지하고 있거나, 음성학적으로 반복 또는 불규칙을 보이면서 특정한 가치를 획득하고 있는 음운이 있다면, 그 단어에 '의미론적 강세'를 부여할 수 있을 것입니다.

새로운 한국어 리듬 요소, 강세

> 빼어난 가는 닢새 굳은 듯 보드롭고
> 자줏빛 굵은 대공 하얀한 꽃이 벌고
> 이슬은 구슬이 되어 마디마디 달렸다.
>
> — 이병기, 「난초 4」 부분

종장의 "이슬은"과 "구슬이 되어"는 분명한 '마디'(음보)로서 분리되어야 합니다. 만약 "구슬이"와 "되어"를 따로 분리하게 되면 마디로 설명할 수 없고, "구슬이 되어"가 5음절 이상을 훨씬 넘어가게 되면 자수로도 설명하기 어렵습니다. 즉, 시조의 정형 미학을 설명하는 데 있어 마디(음보율)나 자수(음수율) 또는 통사론적 구분은 한계를 갖고 있을 수밖에 없죠! 명확한 기준이 없어 자의적 해석이 가능하기 때문입니다!

그러나 '의미론적 강세(semantic strength)'를 염두에 두고 인용시를 살펴본다면, "이슬은"은 하나의 마디로, "구슬이 되어"도 역시 하나의 마디로 볼 수 있습니다. 여기서 강세는 '이슬'과 '구슬'에 위치하며, '-이 되어'는 '구슬'을 꾸며주되 앞서 말한 '빈 단어'로서 강세가 없습니다. '~슬'의 반복이 시 전체에서 의미론적으로도, 음성적으로도 가치를 갖고 있기 때문입니다. 여기서 '~슬'의 의미론적 가치는 마찰음이라는 속성에 따라 발생한 음운론적(음성학적) 효과에 따른 것일 수도 있고, '이슬'과 '구슬'이라는 유사성(이질성)에 의한 것일 수도 있는데, 중요한 것은 시 전체 맥락에서 그 어떤 단어보다 '이슬'과 '구슬'이 차지하는 의미가 크다는 데 있습니다. 마찬가지로 중장 역시 '하얀한 꽃이' 혹은 '꽃이 벌고'를 분절할 때, 문맥상 강조가 되는 것은 '하얀한'이지, '꽃이 벌고'가 아닙니다. '자줏빛'과 색채적 대응 혹은 대립되는 '하얀한'이 작품 안에서 가치를 갖고 체계를 이루고 있다는 점에서 그러하죠.

수물지에 이울던 꽃 다시금 이울지 않고
꽃 따라 날아간 새 돌아오지 않는다네
그 물에 돌팔매질 마라
꽃 다칠라
새 다칠라
　　　　　— 박기섭, 「물의 저쪽」 첫째 수(『오동꽃을 보며』, 황금알, 2020, 32쪽.)

최근의 현대시조에서도 '의미론적 강세'를 찾아볼 수 있습니다. 인용시에서 '꽃'과 '새'는 통사 그룹 안에서 시적 의미를 주도적으로 이끌어가고 있는데, '꽃'과 '새'가 등장할 때마다 마디가 분리됩니다. "수몰지에 이울던 꽃/ 다시금 이울지 않고" "꽃 따러 날아간 새/ 돌아오지 않는다네". '수몰지'와 비슷한 음가를 갖고 있는 '그물에'로 종장 제1음보가 형성되고, '꽃'과 '새'를 문장 맨 앞에 위치시킨 "꽃 다칠라"와 "새 다칠라"가 차이와 반복을 형성하고 있습니다. 초장의 "이울던 꽃"과 "이울지 않고" 역시 반복인데, 이처럼 특정한 단어가 반복과 변주(박자)를 통해 의미론적으로 강한 무게(강세)를 지니고 있고 이 단어가 마디의 경계가 되면서 시조의 리듬을 구성하고 있는 거죠.

음수율에 음보율을 보완해 시조의 정형 미학을 설명하는 것이 기존의 방식이었다면, 이처럼 박자와 강세라는 한국어의 리듬 요소도 생각해볼 수 있지 않을까요? 「난초 4」에서 종장의 전환(twist)은 음보나 자수에 의한 것이기도 하지만, 강세도 기여합니다. 「물의 저쪽」도 마찬가지로 '꽃'과 '새'라는 강세가 마디 분절의 표지가 되면서 리듬을 형성하기도 합니다. 이때 강세는 의미론적 차원과 음성 차원 모두에서 발생합니다. 이는 안확, 서우석, 김인환 등이 제시한 '의미론적 박자'로 볼 수 있을 것입니다. 의미론적 혹은 음성학적으로 무게가 있는 단어가 '강(強)', 무게가 약한 수식이나 단어는 '약(弱)'의 역할을 하는 것인데, 이는 앞서 언급한 '음보(音步)'라는 개념을 보완할 수 있는 또 하나의 리듬 요소가 될 것으로 저는, 기대합니다. 물론 창작자가 강세와 박자를 처음부터 염두에 두고 작품을 창작하지는 않을 것이며, 작품에 강세와 박자가 무조건 있어야 하는 것도 아닙니다. 그러나 '리듬 충동'이 드러난 작품에서 '의미론적 강세' 등을 찾아낼 수 있고 입증할 수 있다면, 기존 리듬론의 한계를 극복할 수 있는 새로운 대안이 될 것으로 보입니다.

앞으로도 지속적인 논의와 연구가 필요하겠지만, 시조의 '정형 미학'이 음수율과 음보율이라는 언어의 계량적 수치에 머무르지 않고 한국어의 다양한 특성을 활용한 문학 장르라는 가정이 가능하고 증명할 수 있다면, 한국어의 과학적 원리와 더불어 시조의 가능성이 더욱 확대될 것으로 기대합니다.

새로운 시조 리듬론을 기다리며

숨 가쁘게 달려왔습니다. 시조를 쓰지 않거나 읽지 않는 '일반인'에게 음보율의 문제가 뭐 대수겠냐마는, 시조를 쓰고 읽으려는 사람에게는 아주 절체절명의 일이며, 목숨을 다투는 일입니다! 물론, 글자 수 맞추기에 급급한 작품도 많습니다. '3-5'라는 종장 조건을 갖췄으니 시조 아니냐고 우기면 할 말은 없죠. 그러나 그런 작품들은 시조라는 장르에 하등 도움이 안 됩니다. 물론, 그 시인에게는 도움이 될 수도 있겠지만, 그것은 개인의 문제입니다. 저는 지금 개인의 만족보다는 시조라는 장르의 가능성을 다루고자 합니다. 작품과 시인을 탓하는 것이 아닙니다.

제가 탓하고 싶은 것은 이런 논의가 아예 없다는 현 실정입니다. 시조 연구자는 극히 희박할뿐더러(현재 한국에서 현대시조를 연구하는 연구자는 10명도 채 안 됩니다. 손으로 꼽을 수 있습니다!) 시조를 쓰는 시인들 사이에서조차 논의가 없습니다. 알아서, 눈치껏 쓰는 것이죠. 그런데, 그 눈치는 누가 주었는지 모르겠습니다.

시조가 '만약' 앞으로 계속 존속할 문학 장르라면, 당연히 시조 리듬에 대한 논의 또한 계속되어야 합니다. 그러나 아쉽게도 1930 년대 이병기, 이은상 등 시조부흥론자들의 이론에서 단 한 발자국도 진일보하지 못했습니다. 왜 그랬을까요? 누가 그랬을까요? 답은 간단합니다. '한국 고유의 민족 정형시'라는 이유로 문제 제기를 아예 하지 않았기 때문입니다. 시조는 원래 그런 것이야, 하면서 '철벽'을 쳤으니, 이제 시조 스스로 고립되었습니다.

고르디아스의 매듭을 단칼에 베는 알렉산더처럼, 모든 문제를 해결할 수 있는 시조의 리듬론은 '아마' 없을 것입니다. 음수율과 음보율. 그리고 통사론적+의미론적 분절. 이 모든 것이 길항하며 시조의 정형미학과 리듬이 만들어집니다. 중요한 것은 마디! 시인은 자기의 감정과 충동으로 마디를 만들어갑니다. 그리고 그 마디들이 폭발하기도 하고 흩어지기도 하며 시의 리듬을 만들어갑니다. 이 마디 하나하나에 예민하게 반응하며 세공하는 자를 우리는, 시조-시인이라고 부를 것입니다.

"시조는 소멸될 장르다"

10

시조의 미래, 미래의 시조를 위하여

10.

시
조
의
미
래 | 미
래
의
시
조
를
위
하
여

최근 한국의 여러 문학단체 혹은 학술단체들이 '시조'를 유네
스코 세계문화유산으로 등재하려는 프로젝트를 진행하고 있습니
다. 시조가 전 세계적으로 미래 세대에게 유산으로 남길 만한 인류
보편적 가치가 있다는 것이죠. 이와 더불어 시조창 가사집으로 가
장 오래된 시조 텍스트집이라 할 수 있는 『해동가요』(1763), 『청구
영언』(1728), 『가곡원류』(1876) 등 소위 '3대 시조집'을 유네스코 기
록문화유산으로 등재하려는 프로젝트도 진행 중입니다. 이는 시조
가 '한국 고유의 정형시'라는 것을 세계적으로 인정받고자 하는 일
인데, 여기에는 '민족'과 '전통'이라는 이데올로기 문제가 개입되어
있습니다. 이제 당신도 잘 아실 것이라 생각합니다.

그동안 시조라는 정형시의 존재 이유는 '민족 전통 장르의 계승 및 발전'이라는 측면에서 논의되어 온 것이 사실입니다. 고려 초중기에 형성되어 고려 말에서 조선 초기에 완성되었다는 시조는, 10구체 향가의 3단 구조, 고려 속악가사 분장 형태, 6구 3절식 민요에서 영향을 받았다는 다양한 가설을 토대로 그 어떤 문학 장르보다 오래된 역사를 갖고 있습니다.

　　이와 함께 시조라는 명칭이 '시절가조(時節歌調, 당대에 유행하는 노래)'에서 유래했다는 사실에 주목하면서 시조가 당대의 삶과 세계관을 잘 반영하였다고 보고, '민족의 주체성'을 지키며 이어져 온 문학 장르가 시조라는 인식이 일반적으로 자리매김해 있습니다. 이에 따라 시조는 민족 고유의 전통 장르이기 때문에 시조라는 장르 자체에 대한 문제 제기는 적극적으로 전개되지 못하고, '민족 전통 장르'라는 사실에만 매몰되어 시조는 계승해야 할 민족정신이며, 교과서에 '반드시' 수록되어야 하는 '정전(cannon)'의 지위를 누려온 것이 사실이죠. 물론, 슬프게도 교과서가 시조를 외면하고 있지만 말입니다.

　　그러나 균열과 파편화가 미학적 주류를 이루고 있는 현대에서 전통 장르인 시조의 존재론은 '아시다시피', 위태롭기만 합니다. 근대적 주체에 대한 반성과 회의로 출발한 포스트모더니즘 아래, 문학은 끊임없이 다양한 변형과 전환을 이루며 무한한 '자유'를 지향하고 있습니다. 이에 반해 시조는 규범화된 율격이 존재하고 있으며, 특히 자유시(현대시)가 내적 호흡과 자유로움의 극단을 향하고 있을 때, 시조는 엄격한 율격이라는 정체성을 끝까지 지켜야 했습니다. 율격을 벗어나는 순간 '시조가 아닌 것'이 되었고, 시조는 항상 '시조다움'을 스스로 정의하면서 유지해야 했습니다. 이는 시조를 고전문학의 영역으로, 전근대적인 것으로 전락하게 하는 중요한 요건이 되었죠.

다시 말해, 시조는 '전통'이라는 지위는 계속 누릴 수 있게 되었지만, 현대와는 결이 맞지 않는 문학 장르로서, 현대에서 제 역할을 감당할 수 없는 장르가 되면서 주변부로 밀려나게 되었습니다.

여기에 덧붙여 늘 이야기되는 '문학의 위기' 문제 역시 시조의 존재론을 위협합니다. 텍스트보다는 영상물에 점차 익숙해지고 있는 지금 세대에게 문학은 과연 어떤 역할을 맡을 수 있을까요? 활자로 인쇄된 문학보다는 시각적인 자극을 강조하고 있는 영상이 대세를 이루고 있는 요즘, 책보다는 넷플릭스, 유튜브를 보는 인구가 점차 늘어가고 있습니다.

이제, 책을 읽고 문학작품을 감상하는 사람은 '천연기념물'이 되고 있습니다! 하도 책을 안 읽어서 대신 책을 읽어주는 '오디오북'도 요즘 성행하고 있지만, 생각보다 지지부진합니다. 1시간짜리 영상물도 보기 싫어서 5분 미만의 영상 클립(짤)을 보고 있는 현시대에, 누가 더듬더듬 활자를 읽고 고민할까요. 이제 '읽는 시대'가 아니라 '보는 시대'입니다. 시대의 빠른 속도에 점차 뒤처지고 있는 문학 그리고 시조. 과연 시조는 앞으로 어떻게 될까요.

오늘부터 쓰시조 ──

기다리는 사람들, 시인

그럼 이제 시조는 없어질까요? 시조를 읽고 쓰는 인구가 점차 줄면서 시조는 언젠가 사라질 문학 장르가 될까요? 신라의 향가, 고려의 가요처럼 말입니다. 역사책에 기록으로 남아 있는 시조. 그 날이 언제 올까요? 아니, 이미 온 것은 아닐까요? 이는 시도 마찬가지고, 다른 예술 장르도 마찬가지입니다.

'양식(style)'이라는 것이 있습니다. 각 시대는 그 시대에만 존재하는 양식이 있습니다. 바로크, 낭만주의, 고전주의처럼 말이죠. 한국의 시와 시조도 지금은 유행하고 있지만, 언젠가는 지금의 시대를 특정한 명칭으로 호칭하며 시와 시조를 당시의 예술 사조로 기억할지도 모릅니다.

없어지더라도, 문학 장르로서 시조가 곧 사라지더라도, 시조는 지금 시대에, 지금 우리 한국에 존재하고 있고 있으니, 과연 시조는 어떤 일(기능 혹은 역할)을 하고 있을까요? 한번 생각해봅시다.

현대시조는 자유시를 주류 양식으로 삼아온 '근대'에 대한 재해석과 반성을 토대로 하여 우리가 잃어버린 원형에 대해 탐색하는 기능을 떠맡아왔다. 다시 말하면 현대시조는 그 안에 이른바 탈(脫)근대 혹은 반(反)근대의 열정을 일정 부분 매개하고 있다. 이는 '시조성'과 '현대성'의 결합을 과제로 내건 현대시조가, 율격의 해체나 이완을 줄곧 보여온 근대 자유시에 대한 반성의 몫을 띠는 양식임을 알려준다.

— 유성호, 「현대시조의 가능성과 미래」(『정형시학』, 2017년 여름호, 28쪽.)

유성호 평론가의 말처럼, 현대시조가 근대에 대한 재해석과 반성하는 역할을 감당할 수 있다는 지적은 주목할 만합니다. 시조가 잃어버린 원형에 대해 탐색하는 기능을 떠맡고 있다는 말은, 현대사회 안에서 문학과 예술의 역할, 시의 기능을 암시하는 대목이기도 합니다. 즉, 문학이 근대(현대)의 문제를 사유하게 하고 반성하게 하는 역할을 떠맡고 있다는 뜻인데, 시조가 그러한 역할을 감당할 수 있다면, 그것을 가능하게 하는 것은 시조의 '정형미학'일 것입니다.

경쟁사회, 피로사회, 성과사회에서 문학은 사회의 문제를 돌아보게 합니다. 멈출 줄 모르는 시대 속도에 제동을 거는 일을 하는 것이 바로 문학이죠. 더욱이 끝없이 질주하고 팽창하며 해체되는 현대에서 정형을 지킨다는 것은 쓸데없는 일로 보일 수밖에 없으나, 정형을 지킨다는 것은 정형에 내재되어 있는 리듬을 믿는다는 말이기도 합니다. 다시 말해, 오랜 역사를 가진 시조의 리듬은 매우 오랜 시간 동안 인간(한국인) 보편의 정서와 감정을 다뤘습니다. 한국인인 이상, 한국에서 살고 있는 이상, 그 무엇보다 시조만큼 우리의 감정을 오래 다룬 것은 없다는 말입니다.

4차 산업혁명, 5차, 6차… 이렇게 시대가 매우 빠르게 변하더라도 인간의 마음은 여전히 누군가를 사랑하고 싫어하고 힘들어하고 기뻐할 것(희노애락애오욕)입니다. 지친 우리 마음은 각 시대의 오락거리와 다양한 프로그램에 길들여지고 위로받겠지만, 우리는 이것이 턱없이 부족함을 알고 인간 본연의 마음을 들여다보고 위로를 주고받는 일을 '다시' 찾게 될 것입니다. 그때 찾는 것이 바로 예술이자 문학입니다. 인간의 감정을 아주 섬세하게 보여주고 있기 때문입니다.

아침에 눈 떠서 눈감을 때까지 쉴 새 없이 주입되는 수많은 정보와 하루가 다르게 변하는 시대의 속도에 우리는, 점차 지쳐갈 것입니다. 쫓아가는 것에 한계를 느낄 것이고, 숨이 턱 밑까지 차올라 더 이상 앞으로 나아갈 수 없을 때가 종종 올 것입니다. 그것을 누군가는 '슬럼프'라고 말하기도 하고, 누군가는 '우울'이라고 말하기도 합니다. 이때 예술과 문학이 '짜잔!' 하고 나타나지 않을까요. 음악이든 시든 무엇이든 간에 그때 예술이 우리 인간의 마음을 어루만져 주지 않을까요. 그때까지 예술과 문학 그리고 시조는 살아 있어야 합니다! 최후에 쓰일 것에 대비하는 것이 바로 문학입니다.

지금은 쓸모없어 보이더라도, 언젠가 꼭 필요할, 반드시 있어야 할 순간이 옵니다. 그러니까, 예술가들은, 시인들은 그때가 온다는 것을 믿는 사람들입니다. 마치 '고도(Godot)'를 기다리는 것처럼. 문학의 쓸모를 기다리는 일은 고도를 기다리는 일과 같을지도 모릅니다. 순진한(멍청한) 시인들은 고도를 믿는 사람입니다. 기다림 자체. 그것의 힘을 믿는 사람이 바로 시인입니다.

시조의 존재론이 나의 존재론

시조는 언터처블, 번역이 불가능합니다. 시조의 리듬은 '한국어로만' 온전히 구현 가능합니다! 그리고 시조의 리듬은 단순히 음수율, 음보율 등으로만 이뤄져 있지 않습니다! 시조는 한국어의 억양, 강세, 높낮이 등 다양한 리듬 요소를 품고 있습니다. 현재 저는 석사 때부터 이를 연구하고 있는데, 언젠간 꼭 밝혀낼 것입니다. 시조의 리듬은 한국어의 다양한 가능성을 품고 있습니다! 제가 봤어요!

제가 제일 경계하는 단어가 하나 있습니다. 바로 '한류' 또는 '세계화'. 시조의 세계화 말입니다. 시조의 우수함을 세계에 널리 알린다는 것인데, 그 의도가 나쁘다는 것이 아닙니다. 제가 경계하는 것은 무턱대고 우상화하는 것입니다. 왜 우수한지 왜 귀한 것인지 증명도 하지 않고, 무조건 오래된 민족 장르임을 내세우는 것은 그다지 효과적인 전략은 아닌 것 같습니다. 결국, 미학! 미학이 우선되어야 합니다.

시조의 미학, 과연 무엇일까요. 제가 지금까지 공부하고 쓰면서 부족하나마 아는 것은, '가장 한국적인 것'이라 할 수 있는 '한국어 문학'의 극단에 시조가 있다는 점이며, 시조는 여전히 창작되고 있는 문학 장르라는 사실입니다. 시조의 정형 미학은 '아직까지' 번역 불가능하며 한국어의 다양한 리듬 요소와 그에 따른 가능성을 품고 있습니다. 이때 한국어가 가지고 있는 힘은 세계화의 흐름 속

오늘부터 쓰시조 ───

에서도 고유성을 잃지 않고 언어와 문화의 주도권 또는 주체성을 지키는 힘이겠죠. 여기서 한국어의 고유성은 곧 한국인의 고유성으로 치환해도 문제없을 것이며, 세계 속에서 한국인의 고유성을 유지하는 일이 어떻게 가치가 있는지는 우리 스스로 증명해야 합니다.

시조시인으로서 석사 때부터 지금까지 시조를 연구하고 동시에 시조 관련 강의를 해오던 저는, 2020년 가을부터 현재까지 본격적으로 시조 문제를 파내려가기 시작했습니다. 이렇게 아침에 눈떠서 눈감을 때까지 시조만 생각했던 적이 또 있었던가요. 시조의 문제라는 문제는 거의 다 다룬 것 같습니다. 제가 왜 그랬을까요. 아무도 신경 쓰지 않는 일을, 시조 쓰는 사람이 얼마나 있다고 말입니다. 장삼이사에게 시조는 몰라도 그만인 것을. 아니, 시조는 곧 없어질 장르가 아닌가요? 저는 왜 그랬을까요.

이제야 답을 내릴 수 있게 되었습니다. 시조의 존재론이 곧 제 존재론이기 때문입니다. 시조를 쓰는 시인으로 계속 살아가야 한다면, 당연히 시조가 무엇인지 제대로 알아야 할 것 아닙니까. 제 존재를 증명하기 위해 저는 계속 시조를 쓸 것이고 연구할 것입니다.

이제 당신에게 묻습니다. 당신의 존재론은 무엇입니까? 당신은 무엇으로 당신의 존재론을 증명하시겠습니까?

저에게는 시조의 리듬이 있습니다. 그리고 당신에게 이 시조의 리듬을 추천합니다.

우리가 오해하는 시조의 모든 것. the end.

부록

사설시조의 모든 것

사 설 시 조 의

모 든 것

사설시조의 정의

부록입니다. 그 누구도 쉽게 말하지 못하는, 여전히 미답의 영역인 사설시조에 제가 먼저 과감히 발을 디뎌보겠습니다! 사설시조 관련 연구와 논의가 충분히 진행되지 않았기 때문입니다.

논의를 이어가기 위해 '고(古)사설시조'와 '현대(現代)사설시조'라는 명칭을 쓰겠습니다. 이제 여러분께서 모두 아시다시피, 1920~1930년대 시조부흥운동 이후로 시조는 현대시조가 되었으니까요. 사설시조도 마찬가지. 시조창이었던 사설시조는 '古사설시조', 문학 장르로서 사설시조는 '現代사설시조'입니다.

가장 먼저, '사설(辭說)'이라는 어휘부터 살펴보겠습니다. '古

148

사설시조'에서 '사설(辭說)'은 순우리말 '사슬(鎖)'과 한자어에 대응된 '亽설(辭說)' 두 형태[1]로 나눠 살필 수 있는데, 길게 늘어놓는 말이라는 뜻을 가진 '사설(辭說)'은 판소리의 사설과 연관시킬 수 있습니다. 판소리가 시조창(시조)과 접목되거나 영향을 주었다는 연구가 꽤 있습니다. 그 연구들에 따르면, 판소리 사설처럼 중국의 고사나 사자성어, 이야기(사연) 등을 길게 늘어놓은 서사 형식으로 '사설'이 기능한 장르는 가창으로 불렸던 '古사설시조'에 해당합니다. 반면에 '사슬'이 '개개의 마디나 고리들을 길게 늘어 엮어놓은 형상'을 의미한다는 점에서, 그리고 후에 '사슬, 사설'의 두 형태로 음운변화한 말이라는 점(박영주)에서 사슬처럼 말을 잇는 '엮음'의 형식(유사성에 근거한 단어와 문장의 나열)은 읽는 시조, 쓰는 시조로 전환된 '現代사설시조'와 기존의 '古사설시조' 모두에 해당한다고 말할 수 있습니다.

'古사설시조'는 김천택의 『청구영언』(1728) 속 '만횡청류(蔓橫淸類)' 116편에서 연원을 살필 수 있고, 변안렬(邉安烈, 1334~1390)의 「불굴가(不屈歌)」를 사설시조 형태로 보고 사설시조 장르 발생을 고려 말기로 소급하는 견해가 제시되기도 하였습니다. 이후 20세기에 본격적으로 사설시조가 등장하게 된 것은 이병기의 「풀버레」, 「우레」(『가람시조집』(1939)), 조운의 「구룡폭포」(『조운시조집』(1947)), 김상옥의 「선죽교」(『초적』(1947)) 등을 꼽을 수 있으며, 사

---

1 박영주, 「사설시조의 산문성과 구조적 분방성」, 『한국시가문화연구』 43, 한국시가문화학회, 2019, 142쪽.

설시조의 형태와 관련한 논의는 다음과 같이 정리할 수 있습니다.

① 사설시조는 초장, 중장, 종장에 두 구절 이상 또는 종장 초구라도 평시조 그것보다 몇 자 이상으로 되었다. 초장, 중장이 너무 길어서는 아니 된다.

— 이병기,『국문학개론』, 일지사, 1978, 117쪽.

② 초, 중장 모두 제한 없이 길고 종장도 어느 정도 길어진 것이다.

— 김사엽,『이조시대의 가요 연구』, 대양출판사, 1950, 254쪽.

③ 사설시조는 초, 중, 종장의 구법이나 자수가 평시조와 같은 제한이 없고 아주 자연스러운 것으로 어조도 산문체로 된 것이다.

— 김종식,『시조개론과 작시법』, 대동문화사, 1950, 89쪽.

④ 그 형식은 사설적이었던 만큼 과거의 모든 구속을 타파하랴 하는 데서 훨씬 자유로운 형식을 취하여 초, 중, 종 3장 중에 어느 한 장이 임의로 길어질 수 있다는 것이다. 그러나 이것도 엄격히 말하면 초장은 거의 길어지는 법이 없고, 중장이나 종장 중에 있어 어느 것이라도 마음대로 길어질 수 있다는 것인데, 그 중에서도 대개 중장이 길어지는 수가 많다.

— 조윤제,『국문학개설』, 동국문화사, 1955, 112쪽.

오늘부터 쓰시조 ──

⑤ 장시조는 단시조의 규칙에서 어느 두 구 이상이 각각 그 자수가 10자 이상으로 벗어난 시조를 말한다. 이 파격구는 대가가 중장(제2행) 의 1, 2구이다. 물론 종장도 초장도 벗어나고 3장이 각각 다 벗어나는 수도 있다. 이 장시조는 창에서도 만횡청류나 농악조로 부르는 것으로 가사나 잡가에 가까워지는 경향이 있다.

— 이태극, 『시조개론』, 새글사, 1959, 73쪽.

⑥ 자수 면에서 볼 때, 사설시조는 70자에서 803자까지의 자수로 된 시조라 할 수 있다.

— 서원섭, 『시조문학연구』, 형설출판사, 1982, 32쪽.

이들의 논의를 종합하면 사설시조 역시 일반 시조와 같이 초, 중, 종장 3장으로 나뉘며, 대체로 중장이 많이 늘어나고, 종장 첫 음보가 3자 고정이어야 합니다. 특히 1953년 「시조부흥론」(『시조연구』)을 발표하며 '제2차 시조부흥운동'을 일으키고자 했던 이태극은 "지금까지 항용 쓰여지고 있는 엇시조니 사설시조니 하는 명칭은 음악상의 용어로서 문학상의 명칭과 동일시될 수는 없다. 문학상의 명칭으로 분류한 단시조, 중시조, 장시조는 그 형식면에서 자구율의 규정에 따라 나눈 것"으로 시조를 분류하며 '사설시조'는 음악상의 용어이므로, '장시조(長時調)'라는 명칭을 제시하며 사설시조 문제를 본격적으로 논의합니다.

이태극 따르면, "단시조의 6구 형태 기준율에서 어느 한 구의 자수가 그 기준율을 멀리 벗어난 것"은 '중시조(中時調)', "단시조의 6구 형태 기준율에서 어느 2구 이상의 자수가 10자 이상으로 벗어나서 길어진 것"을 '장시조(長時調)'로 분류할 수 있는데, 그는 "중시조는 6구 중 어느 한 구만이 기준 자수에서 몇 자 벗어나는 정도의 작품이요, 이런 작품 수도 많지 않으니 이것들을 단시조형에다 넣어 버리면 시조는 형태상에서 단시조와 장시조와로 이대별(二大別)할 수 있다"고 보았습니다. 동시에 그는 장시조가 형태상으로 많이 길어지면 가사(歌辭)와 비슷해 보일 수 있으니, 가사와 구분되는 조건으로 '三章'과 '종장 첫머리 3字'를 제시하였습니다.

이와 같이 해방 이후 본격적으로 사설시조를 연구한 이태극의 논의를 정리하면, 사설시조는 음악 장르에 연원을 두고 있으나 시 장르로 구분하기 위해 '장시조(長時調)'라 칭하고, ① 한 장(章) 이상이 평시조 기준 마디보다 길어지지만, ② '三章'을 유지하며, ③ '종장 첫머리 3字'는 반드시 지켜야 하는 규범을 마련해 여타의 장르와 구분 지었습니다.

이러한 이태극의 사설시조 형태론은 이후로도 크게 변함없이 현재까지 이어졌습니다. 이태극의 사설시조론에 대한 다른 논의도 없었습니다. 저 역시 〈현대사설시조포럼 앤솔로지〉 1권부터 10권까지 살펴본 결과, 초장이나 종장만 길어진 경우는 아예 없고, 중장만 길어진 경우가 전체 938편 중 748편으로 약 79.7%를 차지했음을 밝혀냈습니다. 초장과 중장이 함께 길어진 경우가 14.3%로 그 다음을 차지했는데, 이는 이태극의 장시조 기준을 모두 지키면서 대체로 초, 중, 종장 중에 중장이 평시조 기준 마디에서 길어진 작품이 대다수를 차지하고 있다는 것을 확인할 수 있었습니다.[2]

사설시조와 엇시조의 경계

그러나 한 장(章) 이상이 평시조 기준 마디보다 연장될 경우를 사설시조라고 할 때, '엇시조'와의 경계 혹은 기준이 또한 필요합니다. 엇시조 역시 한 장 이상이 평시조 기준 마디보다 길어진 형태로서 사설시조와의 경계가 명확하지 않습니다.

엇시조의 개념 정의는 여전히 불분명합니다. 처음으로 의문을 제기한 글은 정철의 「엇시조의 정체」(1956)였으며, 뒤이어 안승덕은 「엇시조 연구」(1970)에서 엇시조를 본격적으로 연구했는데, 그들에 따르면 엇시조는 3장 중 어느 한 장이 파격적인 것으로 보았으며, 파격된 장의 음절수는 18~25자, 엇시조 한 수의 총 음절수는 49~59자까지로 한정 지었습니다. 이후 현재까지 이어진 엇시조에 관한 논의를 정리하면, 엇시조는 한 장이 평시조의 기준형보다 길어진 것인데, 문제는 어느 정도 이상 길어지면 사설시조의 형식과 다를 바 없다는 것입니다. 몇몇 논자는 음절수와 음보로 최대한 늘어날 수 있는 한 장의 길이를 규정하였으나, 일반적으로 엇시조의 기준을 "평시조의 기본틀인 3장 6구 12음보를 기준으로 할 때, 초장, 중장, 종장 가운데 어느 한 장의 음보수가 7음보까지 길어진 형

2 김남규, 「현대사설시조의 전개와 형식 문제」, 『우리문학연구』 68, 우리문학회, 2020.

식"[3]을 엇시조의 '기준'으로 삼을 수 있습니다.

따라서 한 장(章)이 8음보 이상으로 길어지면 4음보를 한 장으로 하는 평시조 기준에서 2장이 되기 때문에 사설시조의 기준이 되는 것이고, 2장에 1음보 못 미치는 7음보는 엇시조로 볼 수 있습니다. 물론 문제는 이때 분절하는 '음보' 혹은 '마디'의 개념인데, 이를 '3/ 4/ 3/ 4'의 음절수를 기준으로 하는 음수율(이광수, 조윤제)을 기준으로 할 것인지, 3음절을 '小음보'로 하는 음보율(김기동, 정병욱) 또는 호흡률(성기옥, 김학성)을 기준으로 할 것인지, 이 모두를 아우르는 통사적 배분으로 할 것인지가 불분명하다는 것입니다. 더욱이 초장과 종장이 엇시조의 형태를 보이고 있으면 엇시조임을 확연하게 알 수 있지만, 중장에서 엇시조의 형태를 보이고 있으면 8음보 이상의 경계를 따져보아야 합니다.

정리하자면, 사설시조의 '일반형'을 정의한다면, 하나의 장이 길어지되, 엇시조와 구분되기 위해 반드시 8음보 이상으로 길어져야 한다는 것이며, 대체로 중장이 길어집니다!

현대사설시조는 서사시인가?

'現代사설시조'의 여러 속성 중 '서사성' 또한 주목할 필요가 있습니다. 일반 시조와 다른 사설시조의 가장 큰 특징이기 때문입니다.

---

3 김제현, 『현대시조 작법』, 새문사, 1999, 26쪽.

'서사성'은 '서사시', '서사(적인 것)', '담시(譚詩)', '장시(長詩)', '서술시' 등의 개념을 짚고 넘어가면서 보다 분명해질 수 있습니다. 사설시조의 '서사(적인 것)'를 두고 '서사시'나 '장시' 등으로 보는 혼란을 제거하면서 현대문학 장르 중 하나인 '現代사설시조'의 미학을 보다 구체화할 수 있습니다.

이제, 다들 아시다시피 아리스토텔레스 이후 문학 장르를 3분법 혹은 4분법으로 보면서 문학의 갈래를 서정, 서사, 희극, 교술(조동일)로 나누었지만, 서정적인 것, 서사적인 것, 희극적인 것, 교술적인 것이라는 속성이 있는 것이지, '서정시', '서사시', '교술시' 등의 실체는 존재하지 않습니다.

그러나 한국문학사에서 '에픽(epic)'의 번역어로서 '서사시'라는 어휘 또는 개념은 김동환이 시집 『국경의 밤』(1925.3.)을 발간하면서 표지에 '장편 서사시'라고 표기하면서 처음 등장했습니다. 1930년대 임화의 '단편 서사시' 이후, 1960년대에 이르러 신동엽의 「금강」을 두고 김종길에 의해 '서사시론'이 보다 다양하게 논의되었지만, 그동안 서구의 서사시와 '같은 것'이 한국문학에 부재하다는 열등의식에 머물러 있었던 것이 사실입니다. 서정시와 서사시의 경계 역시 마찬가지인데, 서정시와 서사시를 무리하게 분절하려고 했던 시도는 결국, 서사시라는 장르의 가능성을 위해 어쩔 수 없는 선택이었습니다. 특히 서사시를 형식상으로 영웅시체의 운문을 지니고, 내용상으로 신이나 영웅을 통한 보편적 진리를 제시하고 민족 혹은 집단의 운명을 표현한다는 규정이 기존의 일반적인 관점이라 할 수 있는데, 이에 따르면 '現代사설시조'를 '서사시'로 보기 보다는 '서사성'이 강한 장르로 보는 것이 적절해 보입니다.

더욱이 서정시 외에도 '장시(長詩)'와 같은 다양한 시가 있다는 김기림의 비판(「시인으로서 현실에서의 적극 관심」, 『조선일보』, 1931.1.1.) 이후, 장시를 200행에서 3,000행 사이의 길이를 지녀야 한다[4]는 김종길의 논의에서 시작해, 장시의 핵심 개념으로 '이야기'와 '관념'을 제시하여 장시를 '서정시의 서사화'로 규정[5]짓는 등 여러 논의를 통해 완결되고 통일된 합일체로서의 '장시(長詩)'가 한국문학사에 등장하였습니다.

"장시는 '지배적인 정서를 인위적으로 확장함으로써 시의 호흡을 길게 끌어가는 시의 한 형태로서, 기존의 서정시와 서서시의 폐쇄성을 극복하여 집중성 및 서사성의 개방성을 다양하게 추구하는 비교적 길이가 긴 시'가 될 것이다. 이런 규정에 따라 현대 장시의 하위 범주에는 서술적 장시와 서정적 장시 및 전위적 장시가 놓이게 된다"[6]는 박현수의 논의에 따르면 '現代사설시조'은 '장시(長詩)'로 보기에 분량이 너무 작습니다! 박현수가 '서술적 장시'로 예를 들었던 김동환의 「국경의 밤」, 신동엽의 「금강」, '서정적 장시'로 예를 들었던 김용호의 「낙동강」, 전봉건 「사랑을 위한 되풀이」 등의 연작시, '전위적 장시'로 예를 들었던 김기림의 「기상도」, 오장환의

4 김종길, 「한국에서의 장시의 가능성」, 『문화비평』 1-2, 아한학회, 1969.

5 서준섭, 「한국 현대시에 있어서 장시의 문제」, 『심상』 1982년 5월호.

6 박현수, 「현대 장시(長詩)의 본질과 범주에 대한 재고찰」, 『한국현대문학연구』 52, 한국현대문학회, 2017, 410쪽.

「전쟁」, 송욱의 「하여지향」 등에 비하면 '現代사설시조'를 '장시(長詩)'로 정의하기에 무리가 따릅니다.

이에 따라 저는 김준오의 '서술시(narrative poem)'라는 개념이 '現代사설시조'에 적합하지 않을까 하고 연구[7]해보았습니다. 김준오는 인간의 행위나 생생한 삶의 모습에 따른 감정을 표현하는 서술시가 한국시가의 한 전통이면서 70~80년대에는 '민중시'로 등장하였으며, 서술시의 미학적 장점을 산문소설에 등가되는 리얼리티를 확보할 수 있는 가능성[8]으로 보았습니다. 김준오에 따르면 시인의 전기적 체험에 근거한 '주관적 현실성'과 정치적, 사회적 동기에 근거한 '객관적 현실성'으로서 시의 리얼리즘이 '서술시'에서 보다 잘 드러납니다. 이러한 김준오의 논의를 토대로, 저는 '現代사설시조'를 '객관적 서술시', '주관적 서술시', '구비 서술시'로 나눠 살펴보았습니다만, '現代사설시조'를 어떤 서사 양식으로 특정하는 것은 여전히 조심스럽고, 또한 앞으로도 다양한 논의가 이어져야 한다고 생각합니다.

현대사설시조는 '서민'의 장르인가?

그동안 '古사설시조'는 조선 후기 때 본격적으로 창작되면서 서민의식의 성장을 보여주며 중세적 질서를 극복하면서 근대적 징

---

7 김남규, 「현대사설시조의 전개와 내용 문제」, 『우리문학연구』 72, 우리문학회, 2021.
8 김준오, 『시론』(제4판), 삼지원, 2002, 91~96쪽 참고.

후를 보여주는 것으로 논의되었습니다. 사설시조의 향유층 혹은 담당층에 평민(중인) 계층이 참여하면서 '평민의식(서민의식)'이 보다 전면에 드러났다는 것인데, 이러한 관점은 사설시조가 양반 사대부 중심의 봉건적, 중세적 질서에서 이탈하여 '근대성'을 확보하고 있다는 전제로부터 출발한 '근대문학 18세기 기점설'에서 비롯된 것입니다. 물론 1990년대 이후 탈근대 담론이 등장하면서 중세와 근대의 이분법은 더 이상 확대, 재생산되지 않았죠. 이 가운데 김학성의 논의는 특히 주목할 만한데, 그는 '근대문학 18세기 기점설'과 더불어 사설시조가 18세기에 서민 계층의 향유로 문학사의 전면에 부상했다거나 사대부층의 평시조에 대립하는 장르로서 근대시의 단초를 열었다는 것은 부정확한 논의로 보았습니다.[9]

그동안 사회 체제의 모순에 대한 불만을 드러내거나 현실을 부정하면서 해학과 풍자를 보여주는 사설시조는 손쉽게 지배계층에 반발하는 '저항의식'으로 연결되었습니다. 물론, 한국의 시대사와 맞물려 '민중시(성)'라는 개념이 한동안 한국문학사에서 강조되면서 사설시조의 해학과 풍자 역시 주목받았던 것은 사실이나, 사설시조의 향유층이 서민이기 때문에 사설시조가 '서민의식(민중의식)'을 내재하고 있다는 관점은 충분한 논의가 더 필요해 보입니다! 여전히 사설시조의 향유층에 대한 논의는 진행 중이며, 양반이 아닌 평민(소위 '근대적 주체') 위주로 사설시조가 향유되었다는 담론

---

9 김학성, 『현대시조의 이론과 비평』, 보고사, 2015, 185쪽.

역시 수정 중에 있기 때문입니다.[10]

　그러나 '現代사설시조'의 영역에서는 오히려 최근에 비판받고 있는 사설시조 초기 연구 경향에서 비롯된 '서민의식(저항의식)'을 강조하면서 '現代사설시조'의 한 속성으로 '현실비판'을 중요한 속성으로 꼽고 있습니다. 지배층 담론의 허위를 비판하는 서민의 저항의식이 골계미(滑稽美)라는 미학적 실천으로 해학과 풍자로 발현되는 것을 '現代사설시조'의 속성 혹은 전략으로 보고 있는 거죠. 이는 '古사설시조'의 전통을 그대로 계승하고자 한 것인데, 문제는 '古사설시조'의 향유층이 서민이었다는 논의가 현재 명확하지 않으며, '古사설시조'가 주로 비판해왔던 양반과 같은 상위 계급이 현재

---

10 대부분의 작품이 작가 미상인 사설시조의 작자층을 다루는 것은 쉽지 않습니다. 이에 따라 작가의 익명성을 떠나 '향유층'이라는 용어를 써서 '작(作)'의 측면보다는 '창(唱)'의 입장을 강조하면서, 가창을 주도한 계층의 적극성을 반영하여 근대 이행기의 면모를 해석하려는 의도가 한동안 고전문학의 영역에서 전개되었습니다. '향유층'과 '담당층'이라는 용어의 혼동도 문제이지만, 다음과 같은 쟁점은 여전히 해결되지 않았습니다. 첫째, 17세기 이전에 개인문집에 전하는 파격형식의 시조가 존재하며, 그 형성과 향유의 중심 담당층은 양반 사대부층입니다. 둘째, 사설시조가 일반에게 보편화된 징후는 18세기 초 『진본 청구영언』에서 발견되며, 여기에 수록된 「만횡청류」에 대한 당대의 평가는 표면상 옹호적이지 않았습니다. 셋째, 가객에 의한 사설시조의 창작은 18세기 중반 김수장에서 처음 발견되는데, 『해동가요(海東歌謠)』, 『고금창가제씨(古今唱歌諸氏)』 명단을 참조할 때, 평시조와 사설시조를 동시에 지었던 가객은 6명으로 소수에 불과하고, 창작에 관여하지 않고 가창에만 전념하는 가객이 43명으로 절대 다수를 차지합니다. 넷째, 19세기 사설시조는 18세기의 현저한 성장에 비해 양적으로 격감하였으나 향유, 유통의 측면에서 볼 때 창작의 양과는 별개로 가집 내 평시조 대비 사설시조의 점유율은 19세기로 갈수록 증가하였습니다. (조해숙, 「사설시조의 담당층과 문학적 성격」, 『국문학연구』 9, 국문학회, 2003, 81~86쪽 참고.)

로서는 불분명하다는 것입니다.

〈현대사설시조포럼 앤솔로지〉 전체 1,042편 중 '현실비판'이 267편으로 25.8%를 차지합니다.[11] 결국 '現代사설시조'의 다양한 유형(내용) 중 '古사설시조'처럼 현실비판이 일정 부분을 차지하고 있으며, 이는 '서민의식'의 발로로 볼 수 있습니다. 여기서 '古사설시조'와 '現代사설시조'의 공통 속성인 '서민의식'은 지배담론과 고급담론에 대항하는 하위담론 또는 대항문화라고 할 수 있는데, 특히 '現代사설시조'는 명시된 계급이 없는 현 상황에서 시대를 향한 비판으로 풍자(해학)의 방식을 적극적으로 활용하고 있습니다.

"풍자는 인간과 삶의 세계에 관한 모든 것에만 관심을 두고 있기 때문에 가장 세속적 문학 형태이며, 인간과 세계를 날카롭게 인식하는 사실주의 정신의 산물"(김준오, 앞의 책, 264쪽)이라는 김준오의 지적처럼, 부조리한 현실을 극복하고 개선하려는 의도에서 '現代사설시조'는 '古사설시조'와 같이 통속성에 머물지 않고 현실비판이라는 사회적 기능 역시 견지한다고 할 수 있습니다. 이는 다른 문학 장르에 비해 '現代사설시조'가 가진 두드러진 특성이라 할 수 있으며, '古사설시조'의 향유층이 서민이 아니었다는 전제하에서는 '現代사설시조'가 획득한 현대성이자 고유성이 될 수도 있다고 저

---

11 저는 2020년에 이어 2021년에 〈현대사설시조포럼 앤솔로지〉 1권부터 11권까지 내용적 측면에서 살펴본 결과, 전체 1,042편 중 '일반 서정'이 483편(46.4%), '현실비판'이 267편(25.8%), '서사성'이 261편(25.1%), '언어유희'가 17편(1.8%), '에로티시즘'이 9편(0.9%) 순으로 나뉜다고 밝힌 바 있습니다. (김남규, 「현대사설시조의 전개와 내용 문제」, 『우리문학연구』 72, 우리문학회, 2021.)

오늘부터 쓰시조

는 생각합니다. 또한 '現代사설시조'가 1970~80년대 민중시의 계보를 잇는 작업이 될 수도 있으리라 생각도 해봅니다.

　요컨대, '古사설시조'로부터 계승, 발전된 '現代사설시조'는 단시조 혹은 연시조로 재현할 수 없는 다양한 갈등과 이야기를 비교적 자유로운 중장의 리듬으로 서술하되, 개인의 서정과 함께 날카로운 현실 인식과 비판 또한 미적 전략으로 삼고 있는 특별한 장르라고 말할 수 있습니다.

"오늘부터 쓰시조"

"오늘부터 쓸시조"

현대시조 입문서

오늘부터 쓰시조

초판 1쇄 발행 2021년 12월 10일

지은이 김남규
발행인 김신희
편   집 김정웅
표지 디자인 김경일
내지 디자인 김남규
제   작 천일문화사

발행처 헤겔의휴일
출판등록 제2017-000052호
주   소 (07370) 서울시 영등포구 도림로 110길 12-3
문의 및 투고 post-rock@naver.com

ISBN 979-11-960916-8-2(03800)

ⓒ 김남규, 2021

* '헤겔의휴일'은 '포스트락' 출판사의 문학 · 인문 전문 브랜드입니다.
* 이 책은 저작권법에 따라 보호받는 저작물이므로 무단 전재 및 복제를 금합니다.
* 이 책의 전부 혹은 일부를 이용하려면 '저작권자와 포스트락'의 동의를 받아야 합니다.
* 잘못된 책은 구입처에서 교환해드립니다.
* 책값은 뒤표지에 있습니다.